満月のランタンパフェ
満月珈琲店

月夜の
ホットジュース
MANGETSU
COFFEE
満月珈琲店

夜景の
フルーツケーキ
満月珈琲店

深海のアイスコーヒー
満月珈琲店

桜のスムージー（桜吹雪）
満月珈琲店

星雲の点心
満月珈琲店

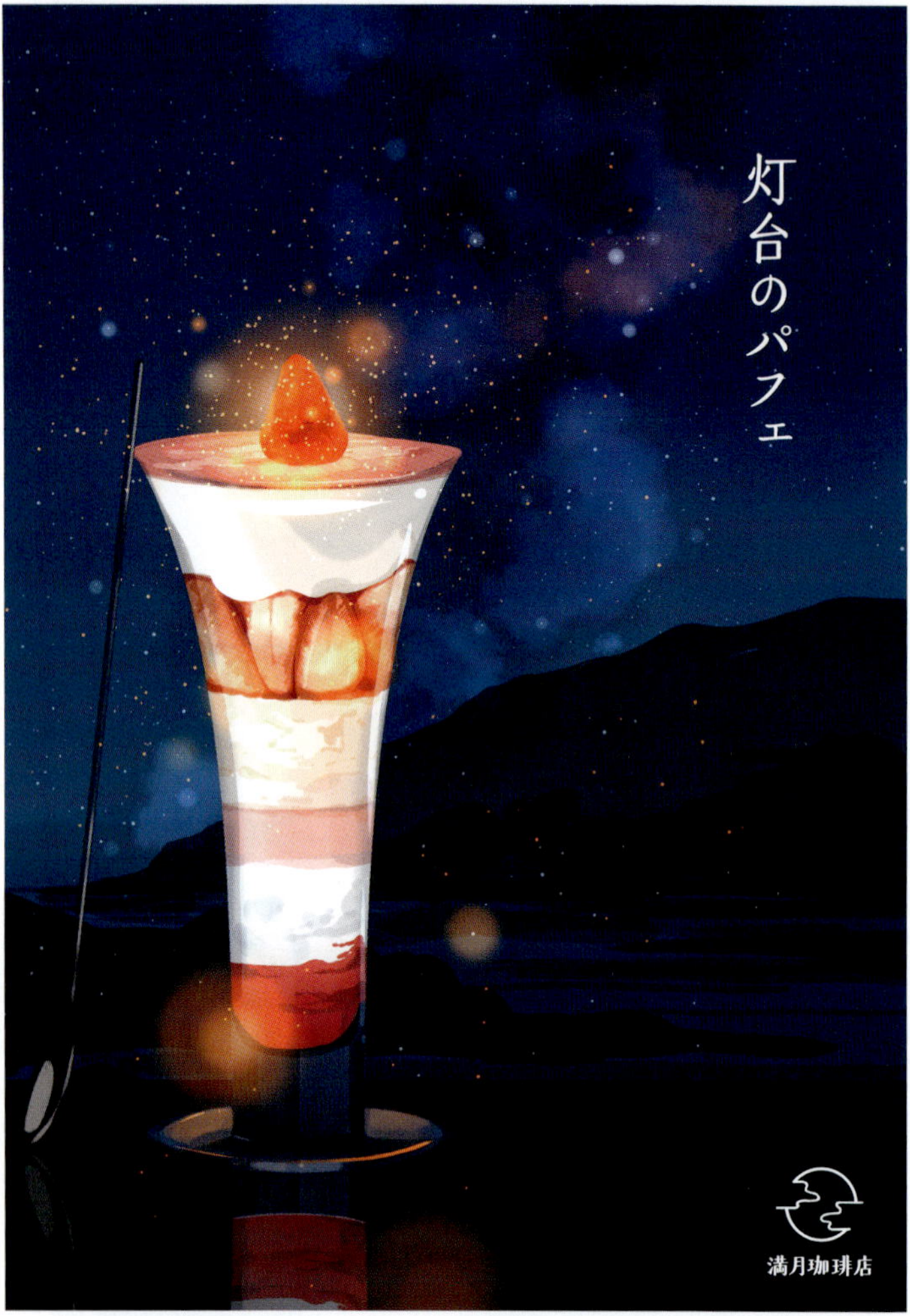
灯台のパフェ
満月珈琲店

文春文庫

満月珈琲店の星詠み
～月と太陽の小夜曲～

望月麻衣

画・桜田千尋

文藝春秋

目次

第5巻までの人物相関図

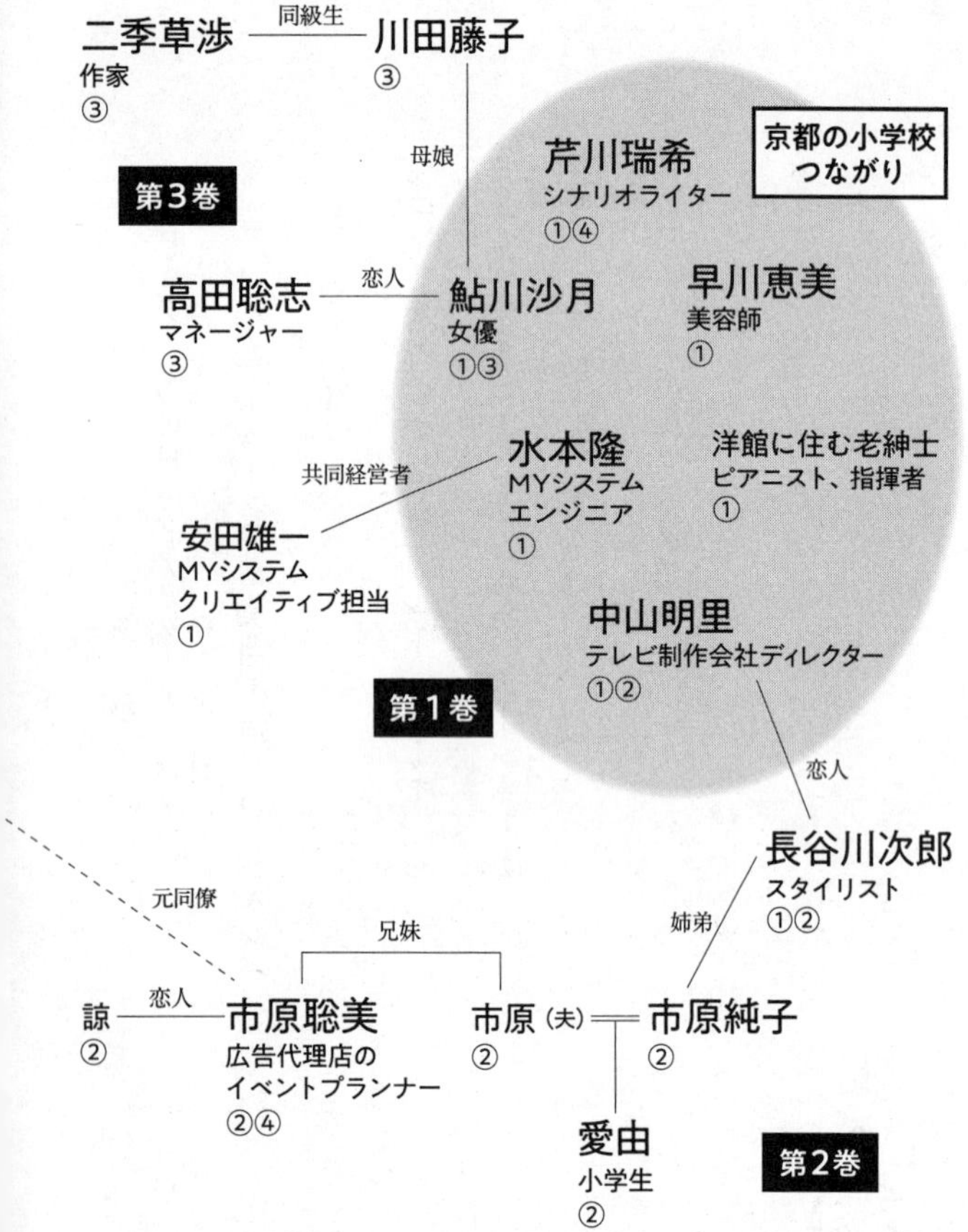

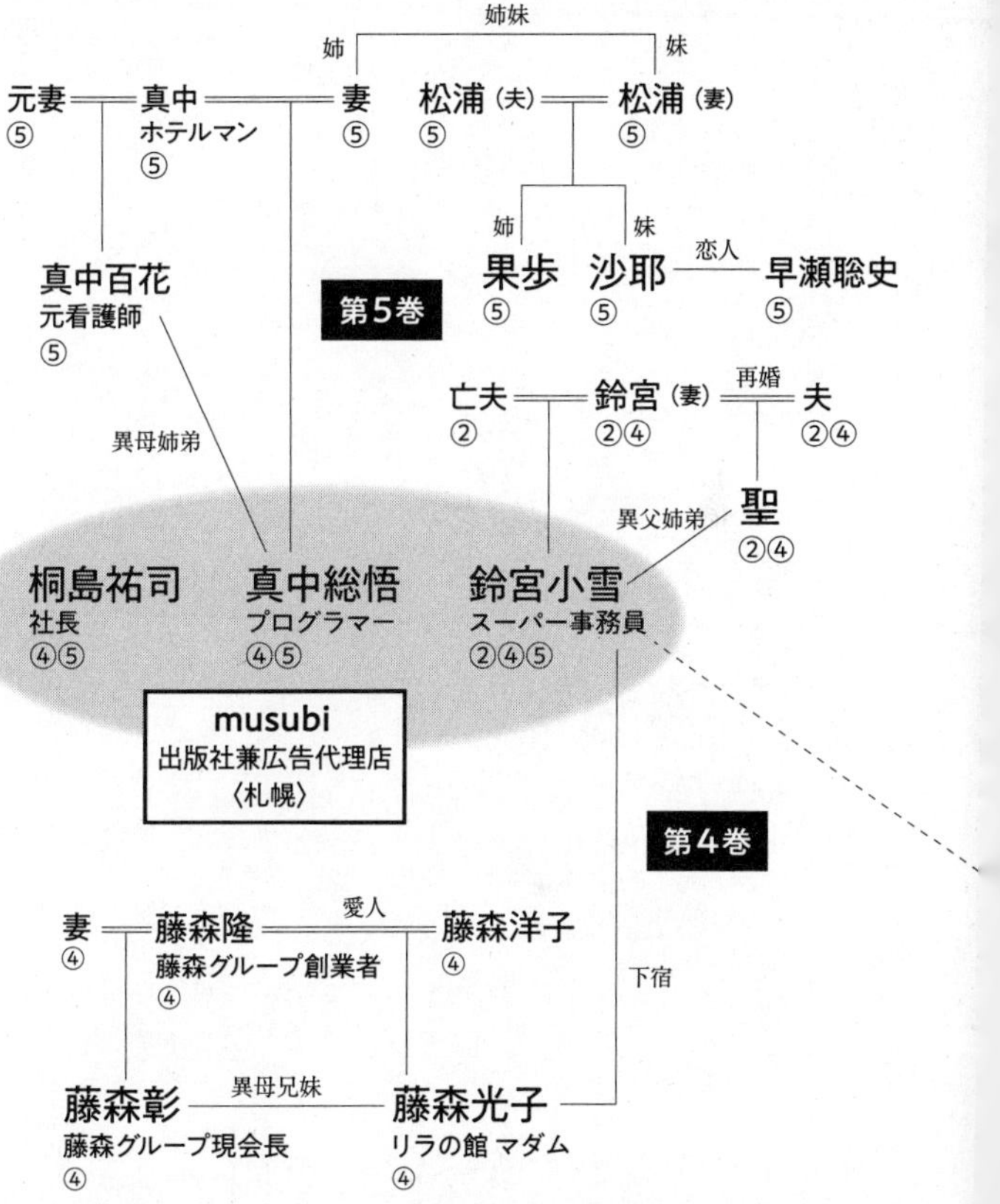

名前の下の数字は
どの巻に登場したか
を示しています

① 第１巻『満月珈琲店の星詠み』
② 第２巻『〜本当の願いごと〜』
③ 第３巻『〜ライオンズゲートの奇跡〜』
④ 第４巻『〜メタモルフォーゼの調べ〜』
⑤ 第５巻『〜秋の夜長と月夜のお茶会〜』

イラスト　桜田千尋
デザイン　野中深雪

満月珈琲店の星詠み

～月と太陽の小夜曲～

――『満月珈琲店《まんげつコーヒーてん》』には、決まった場所はございません。

時に馴染《なじ》みの商店街の中、終着点の駅、静かな河原と場所を変えて、気まぐれに現われます。

そして、当店は、お客様にご注文をうかがうことはございません。

私どもが、あなた様のためにとっておきのスイーツやフード、ドリンクを提供いたします。


大きな三毛猫のマスターは、今宵《こよい》もきっとどこかで微笑《ほほえ》んでいるのだろう。

プロローグ　あの日のピアノソナタ

二〇二四年　春

映画館を出ると太陽が西に傾き、空が蒼《あお》く染まり始めていた。

「あ、日が暮れてる……」

空を見上げてぽつりとつぶやく。

上映時間一二〇分がアッという間に感じられたため、まるで一瞬でタイムスリップしたようだ。

それだけ、映画に没入していたということだろう。

芹川瑞希《せりかわみずき》は、手にしているパンフレットに視線を落とす。

表紙の、高校生の少年が、ピアノを弾いている写真が目に映った。

今観たのは、この二〇二四年の春に公開された高校生を主人公とした青春映画だ。

『今公開されている映画に、仕事として関わっているんです。それで、チケットをたくさんいただいてるので、もし良かったら観ませんか？』

そんな言葉と共に、瑞希は知人からチケットを受け取った。

タイトルは、『君と僕のカノン』。

高校生が主役の映画であり、最初は、『若い子向けの映画か』と苦笑した。

今や『アラフォー』とも『アラフィフ』ともいえない四十代半ばになった自分は、明らかに対象外であり、感動はできないだろう。しかし自分もシナリオを書くことを生業《なりわい》にしているクリエイターだ。話題の映画は観ておいて損はないだろう。

と、自分が対象年齢ではない大人だというだけで、やや上から目線で鑑賞したのだ。

映画を観終えた今、少し前の自分を平手打ちにしたい。

まだ自分はこんな風に泣けたんだ、と思うくらい、涙が流れた。

脚本、構成、演出、すべてにおいて素晴らしかった。

事前に何の情報も調べていなかったので、感動もひとしおだ。

「良かった……」

瑞希は、熱い息を洩らしながら、寺町京極《てらまちきょうごく》商店街をのんびり歩く。

桜が咲く前の京都の町は、平日ということも相俟《あいま》って、いつもよりもすいていた。

京阪三条《けいはんさんじょう》駅に向かって三条大橋《おおはし》に足を踏み出したその時、涼やかな風が吹き抜け、瑞希は心地良さに目を細める。

鴨川《かもがわ》の河川敷には、ジョギングしている人やトランペットを吹いている人の姿が見えるが、ここもまたいつもよりも人は多くない。

このまま帰路を急ぐのがもったいないような心持ちになり、瑞希は足を止めた。

三条大橋の袂《たもと》にあるコーヒーショップに目を向ける。

この店は鴨川のほとりにあるため人気が高く、席が空いていることなど滅多にないのだが、今はたまたま空席が目立った。

瑞希はすぐにコーヒーショップに入り、カフェラテを買って、席へと移動する。

夕暮れ空がグラデーションを見せるなか、銀色の月が輝き始めていた。

映画を観て、こうして窓側の席で鴨川を眺めながらカフェラテを飲めるなんて最高じゃないか。

ささやかなことかもしれないが、以前の自分ではできなかったことだ。

瑞希はほくほくしながらスマホを手に取り、メッセージを送る。

『ムビチケありがとう。早速観てきました。映画、感動しました』

チケットを送ってくれたのは、中山明里《なかやまあかり》――かねてより世話になっている女性だ。

彼女は元々、テレビ番組などを作る制作会社のディレクターだったが、近年広告代理店に転職している。

忙しい人であり、返事はしばらく来ないだろう、と瑞希はスマホをテーブルの上に置いてカフェラテを口に運ぶ。

だがすぐに、ピコン、とスマホが音を立てた。

『そうでしょう。流石《さすが》、二季草《ふたきぐさ》先生ですよね！』

そんな明里からの返事に、瑞希はぱちりと目を瞬かせた。

「二季草さんだったんだ……」

エンドロールまでしっかり観ていたつもりだったが、いかんせん今回はさめざめと泣いていたため、見落としていたようだ。

パンフレットを開くと、『二季草渉《わたる》の最高の青春小説を映画化！』と大々的に書かれている。

二季草渉は、作家である。

少しヒリヒリするような青春小説を書いており、映像化も多くされている。

二季草渉は瑞希世代では知らない人はいないといっても過言ではない人気作家だ。

瑞希がシナリオ・ライターとしてデビューした頃には、既に不動の地位を築いており、瑞希にとっては雲の上の存在で、特に意識することもなかった。

しかし彼は一時期、スランプに陥り、何年も書けなくなっていたのだ。

同じ頃、瑞希もシナリオ・ライターとしても、一人の女性としても、人生のどん底であったため、二季草渉に対して、勝手に親近感を抱いていた。

その後、瑞希は——とても不思議な体験を経て——ようやく顔を上げ、前を向いて歩き出すことができた。

日々の生活を楽しめるようになっていったのだ。

やがて、ヒット作にも恵まれた。当時テレビ制作会社のプロデューサーだった中山明里と組んで制作した、『流星エンジェル』という子ども番組だ。

これは、少女戦士と西洋占星術とを組み合わせた女の子版のレンジャーものである。

ようやく、自分に自信が持て始めた頃、二季草渉の噂を耳にした。

『二季草渉・待望の新作、遂に発売！』とテレビで新刊情報が流れ、一部の書店では、深夜零時の開店を決め、多くのファンが列を成すという、一大ニュースとなったのだ。

瑞希は、そんな二季草渉を眩《まぶ》しく眺めていた。

いや、『眩しい』なんて、生易しい感情ではない。

本音は、悔しかったのだ。

それは勝手に親近感を持っていたが故だろう。

元々、土俵が違う相手だったというのに……。

それから、二季草渉の名前を目にすると、居たたまれないような気持ちになって、避けてきたのである。

今回の映画を観て、二季草渉のすごさをあらためて思い知り、瑞希は肩を落とす。

感動した分、がくんと落ち込んだ。

しかし、勝手にとはいえ、仲間のように思っていたクリエイターの復活は喜ばしいことである。

『本当に素晴らしかったです。二季草先生はたしか私よりも年上だったはずですが、にもかかわらず、瑞々しい若者の心理をあそこまで描けるって、すごいことかと』

と、瑞希はメッセージを送る。

映画の舞台は横浜であり、物語は、主人公の高校生男子の回想からはじまる。

主人公が、小学生だった頃。

ある日、港の見える丘公園に遊びに行った帰り道、大きな屋敷の柵の向こうからピアノの音色が聞こえてくる。

少年が、柵の中を覗くと、高校生くらいの少女がピアノを弾いていた。

一目で彼女に恋をした少年は、なんとか彼女と接触を図り、彼にとってうんと年上の彼女にとても素直に気持ちを伝えるのだ。

『ピアノの先生が言ってたの。音楽をやっていると、奏でる音でその人がどんな人なのか分かるんだって。本当に私のことが好きなら、私のために、私が一番好きな曲を弾けるようになって』

その言葉を受けて、少年は、少女が一番好きな曲『パッヘルベルのカノン』の練習を始める。

なんとか弾けるようになった少年は、嬉々として彼女の許《もと》へ向かうも屋敷はもぬけの殻《から》だった。

父親が事業に失敗し、夜逃げをしたという話を耳にする。

少年は、自分が有名なピアニストになったら、彼女と再び会えるのではないか、と思い、懸命にピアノの練習をする。

——そんなプロローグであり、映画は随所にクラシック音楽が使われていた。


『実は今回の映画、秋にドラマ化もされるんです。それに伴って色々なイベントも企画しています。今やっているスタンプラリーに加えて、作品の舞台・横浜で本格的な音楽祭であったり、出版社と組んでクラシック音楽をテーマにした短編小説のアンソロジー本を出そうかという話も出ているんですよ』

と、再び明里からの返信が届いた。

瑞希は、メッセージを見ながら、へぇ、と相槌《あいづち》をうつ。

『それであらためて、正式に依頼のメールを送ろうと思っているのですが、芹川さん、このアンソロジーに参加していただけませんか？　「君と僕のカノン」と同じ世界線であの世界で息づく音楽を愛する者たちのアンソロジーを……という企画なんです。私としては、「流星エンジェル」のテーマであった星の話を交えていただけたら嬉しいなと思っています。締め切りはなかなかタイトなのですが、私はまたぜひ芹川さんとお仕事がしたいです』

どきん、と瑞希の心臓が強く音を立てた。

『ありがとうございます。ぜひ、お受けしたいです』

と、瑞希は指先が震えるのを感じながら、メッセージを送る。

『嬉しいです。それでは、近々、担当の編集さんからメールが行くと思いますので、よろしくお願いいたします』

同時にベートーヴェンの『悲愴《ひそう》』がどこからか聴こえてきた気がした。

それは、いつか、河原で聴いた曲だった。

第一章　フラワームーンの前奏曲と満月のランタンパフェ

二〇二一年　春

1

もやもやする。

自分には、かつて夢が二つあった。

そのうちの一つが、本を作る人になりたいということ。

今その夢が叶っているというのに、心から喜べていない。

その理由は明白で、今働いている大手出版社『春川出版《はるかわ》』の編集部に自分が相応《ふさわ》しくないことを知っているからだ。

同僚たちもそう思っているだろう。

それなのに……。

「藤森《ふじもり》さんには、とりあえず二季草渉先生の担当をお願いしたいんだ」

入社後、約一か月間の研修を終えて、藤森光莉《ひかり》は文芸編集部に配属された。

主に単行本や文庫など小説を手掛ける、会社の花形ともいえる部署である。

そこに配属されただけでも驚きだったのに、部長から担当作家の名前を聞くなり、光莉は目を瞬かせた。

「二季草渉先生って、あの、二季草渉ですか?」

訊き返しながら、他にいるわけがないだろう、と光莉は苦笑する。

二季草渉は作家だ。たしか、もう五十代のはずである。

ヒリヒリするような青春や、胸が締め付けられるような恋愛を描いている。

読者層は幅広く、中高生から大人に至るまでであり、日本では知らない人の方が少ないと断言できる著名人だ。

かくいう光莉も、二季草渉を愛読している。

「そう、あの二季草先生だよ」

と、部長はあっさりうなずいて、眼鏡の奥の目をにこりと細める。

部長の名前は、草刈吉成《くさかりよしなり》。

二季草渉と同世代という話だが、十歳は若く見える。細身の体にブランドのシャツとジャケットを羽織っている。

清潔感があり、いつも穏やかでにこにこしているため、若手に慕われているが、光莉は彼の笑顔が少し苦手だった。

笑顔の裏側にとても冷ややかな顔が隠されているような気がしてならない。

これは自分に特別な洞察力があるわけではなく、単に卑屈になっているからだろう。

「あの……私のような新人が、担当しても大丈夫なのでしょうか？」

恐る恐る問うと、大丈夫、と草刈は首を縦に振る。

「新人編集者が大御所作家を担当するというのは、この業界にはよくあることなんだ」

所謂《いわゆる》、『大先生の懐を借りて学ばせてもらう』ということなのだろう。

それに、と草刈は続ける。

「基本的に二季草先生の担当は僕なんだけど、僕は他のことも色々と忙しいから、君にサブ担としてサポートしてもらいたいんだよ」

話を聞いて光莉は、はい、と答える。

今にも敬礼しそうな勢いで直立していた。

「いやいや、そんな硬くならなくて大丈夫。二季草先生は優しい人だし、若い女の子に対するセクハラとかも一切ないから。それどころか女の子のいる夜の店に誘ったら機嫌が悪くなっちゃうタイプの真面目な人でね」

「……それは、良かったです」

草刈の目には光莉はまだまだ若い女の子として映っているようだ。しかし光莉は今年で二十六歳。大学を卒業して間もない同期と一か月間、研修をしてきたことで、自分はもう若くないと実感していた。

それでも光莉はとりあえず安心したような素振りを見せたが、実のところセクハラを受ける心配などしていなかった。

学生時代から染めたことがない髪は、素っ気なく後ろで一つにまとめている。冷ややかな印象を与える細い目に加え、わざとではないのだが無表情になりがちだ。黙っていると『怒ってるの？』とよく聞かれる。隙がないともよく言われ、男性から異性としての目を向けられたことがなかった。

「これは、必ずお願いしたいことなんだが」

そう続けた草刈に、光莉は自然と前のめりになっていた。

「なんでしょう？」

「二季草先生、新作の打ち合わせをする時は、実際に会って話したいというタイプなんだよ。電話やオンラインを好まなくてね」

会って話が固まってしまえば、その後はメールのやりとりだけでもＯＫなんだけど、と草刈は続ける。

作家によって、タイプは様々だ。

絶対に会って話したいという人もいれば、オンラインで充分という人もいる。

二季草渉は、前者のタイプのようだ。たしか彼は吉祥寺《きちじょうじ》に住んでいたはずだから、すぐに会いに行けるだろう。

と、光莉が以前読んだインタビュー記事を思い返しながら相槌をうっていると、

「二季草先生、四国――香川県に移住しちゃってね……」

と草刈がばつが悪そうに続けた。

その言葉を聞いて、なぜ自分が抜擢《ばってき》されたのか、すとんと腑に落ちた。

草刈は忙しい。

打ち合わせのたびに、四国まで行く時間がないということだ。


草刈との話を終えて光莉がデスクに戻ると、隣に座る編集者・橋本静江《はしもとしずえ》が渋い表情でぽつりと洩らした。

「あー、ついに草刈さん、心が折れちゃったのかもね」

橋本静江は、三十四歳。光莉よりも八歳年上のベテランだ。

「どういうことですか……?」

と、光莉は訊き返す。

「二季草先生、スランプらしくてね。もう何年も新刊出してないのよ」

「そういえば、そうでしたね」

二季草渉の本は、単行本が文庫化していたり、コミカライズされていたり、はたまた映像化もされている。

そのため、絶えず活躍している印象があるが、新刊は出ていなかった。

「草刈さんは、二季草先生のデビュー当時からの担当でね。人気絶頂の時はもちろん、書けなくなってからも、ずっと支えてきたの」

二季草渉は、『春川出版』からデビューしている。

デビュー後、様々な出版社から本を出しているが、春川出版の刊行点数が圧倒的である。

「二季草先生にまた書けるようになってもらいたいって、色んなところに案内したり、褒《ほ》めたり宥《なだ》めたり。でも、どんなに手を尽くしても、結局原稿を書いてくれる気配はなくてね、そのうえ何の挨拶《あいさつ》もなく四国に引っ込んじゃったから……」

「そうだったんですね……」

と、光莉は相槌をうつ。

それは、心も折れそうだ。

あらためて、自分が二季草渉の担当になれたのは、『あの藤森光莉には、もう書けなくなった大御所作家の担当でもさせておこう』と思われていることが分かってしまった。

だから、と橋本は話を続ける。

「藤森さんも一度四国に挨拶に顔を出したら、その後は定期的にメールするくらいの気持ちでいいと思うよ。来ない原稿を待ち続けるのも結構しんどいから」

彼女は、フォローしてくれたつもりなのだろう。

しかし、『あなたは、何もしなくていいからね』と釘を刺されたような気がしてしまう。

もちろん、これは被害妄想であり、そんな思考に行きつく自分に落ち込んだ。

こうやってすぐ負のスパイラルに陥ってしまうのは、自分の悪い癖だ。

とはいえ、表情には出さないように気を付ける。

自分はこの編集部で扱いに困る存在に違いないのに、これ以上迷惑をかけるわけにはいかない。ただでさえ、早く辞めてほしいと思われているのだろうから……。

そんな考えが頭を過《よぎ》り、振り払おうと首を横に振る。

何もかも覚悟のうえで、ここに来たというのに、今さら何を考えているのか。

2

東京から四国までは、どうやって行くのがベストなのだろう?

などと最初は心許《こころもと》なかったが、なんのことはない、四国には空港が四つもあり、香川県へ向かう場合は、高松空港が最寄りであった。

羽田から約一時間半のフライトで、高松空港に到着する。

光莉はトートバッグを一つ、肩に引っ掛けた状態で颯爽《さっそう》と空港内を歩く。キャリーバッグなどは用意していない。

今日は挨拶だけして、日帰りする予定だ。

二季草宅までは、タクシーを利用して良いと言われていた。しかし、新人の自分がタクシーを使うのは気後れし、リムジンバスで高松駅まで行き、そこからは電車に乗って最寄り駅へ向かう。

走り出した車窓から流れていく自然豊かな景色に、感嘆の息が洩れる。緑の向こうに、海が広がっており、海面が太陽の光を反射して煌《きら》めいていた。

「横浜と全然違う……」

光莉は現在、都内で一人暮らしをしているが、出身は横浜だ。そのため、初めての場所に行くと、いつも故郷と比べてしまう。それはどちらが良い悪いの話ではなく、一つの基準だった。

光莉は、国内旅行をあまりしたことがない。

なまじ実家が裕福であるため、旅行の際は海外が多く、行く時は基本的に母と祖母と三人で、父はいつも仕事だった。

のどかだなぁ、と光莉は窓の外を眺めながら、小声でつぶやく。

しばし惚《ほう》けていた光莉だが、これから二季草渉に会うという現実を思い出し、情報を確認しておこうと、スマホを出した。

二季草渉——本名・鮎沢《あゆさわ》渉。香川県出身。

京都の大学に進学し、神戸の証券会社に就職。働きながら書いた小説が、文学新人賞を受賞。その作品はすぐに映画化され、話題を呼んだ。

「香川県出身だったのは意外だったな……」

光莉はなんとなく、二季草渉は東京都出身だと思っていた。

スランプに苦しんで、故郷に帰ったということか。

それにしても、華々しいデビューだ。

一作目で大きな成功を収めた作家は、二作目の壁に苦しむものだが、二季草渉は次々と新作を刊行し、どの作品もヒットを打ち出した。

あらためて、発売日を確認する。

二季草渉は一作目の刊行後、わずか四か月で次の作品を出し、さらにその三か月後に三作目を刊行していた。

上手い、と光莉は唸った。光莉は書店でアルバイトしていたことがあるため、余計にそう思う。

一作目が大ヒットした場合、二作目への期待は否が応でも上がるもの。

二作目までの時間が空けば空くほど、その期待値は高まっていく。

彼の場合は、一作目がまだまだ盛り上がっている最中に二作目が発売され、さらに、二作目の発売の際に『三作目は三か月後発売』と次作の予告をしていたようだ。

二作目が期待に沿っても沿っていなくても、すぐに三作目が出るという知らせに、書店も読者も沸き立っただろう。

そう、満足した人もこれはいまいちだと思った人も、『次にも楽しみがあるんだ』と別の期待へとスライドしていく。

そんな調子で、二季草渉はコンスタントに新作を出していった。

文芸単行本としては、異例の刊行スピードである。

これは相当な速筆であるか、ストックがなければ無理な話だ。

そんな彼が書けなくなったということは、事態は深刻なのだろう。となると、本当に筆を折ってしまったのかもしれない。

少なくとも、草刈はそう思っていそうだ。

高松空港から、約二時間で二季草渉の家に到着した。

「着いた……」

と、光莉は彼の家を仰ぎ見る。

澄み渡る青い空の下、白い壁が眩しい小さな一軒家だった。

新築ではなく、中古住宅をリノベーションしている。家の前にはプランターが並び、色とりどりの花がそよ風に揺れていて、家の中からピアノの音が聞こえてきていた。

これは、パッヘルベルのカノン――。

ピアノの音色に身を委ねていると、カチャリと玄関の扉が開いたので、光莉はびくんと肩を震わせた。

出てきたのは、二季草渉ではなく、中年の女性だった。

ショートヘアでリネンのシャツにジーンズを穿いている。

顔立ちはとてもあっさりしている。一般的に『美人』と言われるタイプではないが、凛とした雰囲気があるため、綺麗な人だと感じさせた。

彼女は、光莉を見て、にこりと目を細めた。

「いらっしゃいませ。藤森さんですよね？」

ぼんやり彼女を観察していた光莉はすぐに姿勢を正してから、頭を下げる。

「はい。はじめまして、藤森光莉と申します」

二季草渉は独身だと聞いていたが、彼女の雰囲気は、奥さんそのものだ。

二季草渉はスランプの末、故郷の女性と恋をして、結婚したのだろうか。

護《まも》るべき家族ができたことで、働く意欲が湧いてきたならば良いけれど……。しかし思えば、彼の本の累計発行部数は驚くほどであり、さらに今も版を重ねている。

このまま引退しても十分余裕のある暮らしができるわけで、隠居生活に入ってしまっても無理はない。

「はじめまして、川田《かわた》藤子《ふじこ》です」

彼女はスッと頭を下げる。あまりに綺麗なお辞儀であり、見惚《みと》れると同時に、二季草渉が結婚はしていないことが分かった。

二季草渉の本名は、鮎沢渉なのである。

「あの、二季草先生は……？」

そう問いかけた時、玄関先に、背が高く細身の男性が現われた。

彼が、二季草渉だ。

メディアに顔を出すたびに俳優のようだと持て囃《はや》されていた甘いマスクは、年齢こそ重ねているが、今も健在だ。

ルックスを褒められるたびに少し困ったような顔をして微笑んでいたのが、印象に残っている。

きっと良い人なのだろう、と感じていたのだ。

「あらためまして、藤森光莉です。横浜市出身の二十六歳独身。この春に『春川出版』に就職しまして、文芸編集部に所属となりました。これから、草刈さん、いえ、草刈と共に二季草先生の担当をさせていただくことになりました。どうぞよろしくお願いいたします」

平静でいられる自信があったのだが、二季草渉を前にして急に緊張し、あきらかに言わなくて良いことまで口走っていた。

しかし自分のことをしっかり伝えるのは悪いことではない、と光莉は自分を慰めつつ、深く下げていた頭を上げる。

「横浜出身なんだ。良いところだね」

二季草は、ティーカップを手にテレビでよく見せていたような笑みを浮かべた。

光莉は家の中に通され、今リビングのソファに座っている。

随所に観葉植物が置かれている。

壁際に白いアップライトピアノがあり、その上でピアノと同じ色の猫がくつろいでいた。名前はシロミというようだ。

藤子は茶菓子を出し終えた後、少し離れたところにあるダイニングテーブルで書き物をしていた。

「僕も藤子さんも情緒のある建築が好きで、神戸の異人館や京都の博物館、大阪の淀屋橋にちょくちょく行っていて、今度横浜にも行ってみたいって話していたんだ」

ねっ、と二季草は、藤子を振り返る。

藤子は、にこりと笑って同意を示した。

いやはや、新婚のお宅にお邪魔したようだ。

光莉は身を小さくさせながら、笑みを浮かべる。

「横浜にお越しの際は、ぜひ、ご案内させてください」

「藤森さんは今も横浜に？」

「いえ、大学から東京なんですが……横浜へはすぐに伺えますので」

そうだよね、近いよね、と二季草はにこにこしながら相槌をうっている。

「この春に入社したということは、もしかしてずっと大学院で勉強をしていたとか？」

自己紹介の時に、うっかり年齢まで口走ってしまったからだろう。

「いえ、書店でアルバイトをしたりしていまして……」

光莉がごにょごにょと言葉を濁すと、二季草は申し訳なさそうに眉尻を下げた。

「ああ、ごめん、詮索するつもりはなかったんだ。もし何かに懸命に励んでいたなら、どんなことをしていたのか聞かせてもらいたいと思ってしまっただけで」

これって職業病かもしれないね、と二季草はカップを両手で包むように持ち、少し窺うように訊《たず》ねた。

「――草刈さん、僕のこと怒っていたでしょう。僕は彼になんの相談もせずに、四国に移住してしまったから」

「いいえ、怒るなんて」

と、光莉は首を横に振りながら、草刈の姿を思い浮かべる。

橋本は『心が折れたのかもしれない』と言ってはいたが、決して怒っている様子ではなかった。

思えば、作家が引っ越しをするのに、編集者への挨拶や報告などする必要もないし、自由にするべきである。

「そもそも、先生のプライベートなことですし」

そう言うと、二季草は、弱ったようにカップに目を落とした。

「いや、僕はデビューしてから二十年以上、草刈さんになんでも相談してきたんだ。神戸から東京に出る時も、東京のどこに住んだら良いかとか、税理士はどんな人にお願いしたら良いか、取材を受ける時にはどんな服を着たら良いか、僕が乗る車はどんなのが良いかとか全部ね」

その言葉を聞いて、光莉は口をポカンと開けた。

話には聞いていたが、まさかここまでだとは思わなかった。

するとダイニングテーブルにいた藤子が、ふふっ、と笑う。

「渉さん、藤森さんが引いてる……」

二季草は肩をすくめた後に、そうだよね、と屈託ない笑顔を見せた。

それは、初めて見る表情だった。テレビでも雑誌でも二季草はいつもどこか遠慮したような微笑みばかり浮かべていたのだ。

藤子に真《しん》から心を許しているのだろう。

「僕は草刈さんに依存していたし、草刈さんも依存されるのが当たり前だったと思う。なんていうか、ちょっと共依存状態だったから、僕がいきなり引っ越したのは少なからず、ショックだったと思うんだ」

「草刈は、ここにご挨拶に来たのでしょうか？」

ううん、と二季草は首を横に振る。

「メールで報告をした時に、『そうですか。故郷でゆっくり英気を養ってくださいね』と返事がきて、それから、しばらくして君がサブ担当に加わったという報告があって、今君が来たというわけ」

あぁ、と光莉は声にならない声を出す。

それは、本当に怒っていたのかもしれない。

いや、二季草自身が言ったように草刈はショックだったのだろう。二十年以上、二人三脚でやってきたのに、何も言わずに遠くへ行ってしまったのだから……。

「ちゃんと挨拶をしてから、引っ越すことができたら良かったんだけど、あの時の僕にはそんな余裕がなかったんだよね」

と、二季草は息を吐くように言う。

「余裕……」

「そう、余裕。スランプに陥ったことで僕は失意のどん底にいた。孤独も手伝って、生きているのが本当につらかったんだ。誰も僕の苦しみを分かってくれないと思っていた。そんな時、彼女……藤子さんに再会したんだ。彼女と僕は、昔付き合っていてね」

と、二季草は、藤子を振り返る。

紅茶を飲んでいた藤子は彼と目が合うなり、微《かす》かに肩をすくめてはにかんだ。

有《あ》り体《てい》に言うと、元カノに再会した、ということだ。

「それから、藤子さんとちょくちょく連絡を取り合うようになった。話していくうちに、かつてお互いの気持ちをちゃんと伝えきれていなかったこと、それが大きなすれ違いを生んでいたことが分かってね。なんとしても一緒に暮らしたいと思ったんだ。そんな感じで、自分が生きるのに精いっぱいの状態で彼女にすがりつくように一緒に暮らす流れになったから、お世話になった人に報告するとか義理を通すとか考えられるような余裕がなくて」

「本当に、生きるのに精いっぱいだったんですね……」

と、光莉は独り言のように復唱する。

「うん。当時の僕は、呼吸するのが苦しいくらい生きるのがつらかった。藤子さんとの再会は、まるで海で漂流している時に、灯台の光を見付けたような気分だったんだ」

――呼吸するのが苦しいくらい、生きるのがつらかった。

二季草の言葉が胸に沁みて、鼻先がツンとなり、目頭が熱くなる。

「……藤森さん、大丈夫ですか？」

なぜ、心配されているのか、光莉は分かっていた。

涙が頬を伝い、手の甲に落ちていたからだ。

「すみません……少し違うのですが、私も今、生きるのが苦しくて……」

掌で撫《な》でつけるように涙を拭っていると、二季草がティッシュの箱を差し出した。

ありがとうございます……。

と、光莉はティッシュで目と鼻を押さえる。

「君のその苦しさは、仕事で？　それともプライベート？」

「両方です」

二季草は、初めて会う自分に、草刈にも話していないことを伝えてくれた。

自分はこれから彼の担当になるのだ。

そんな彼に、少しでも自分のことを知ってもらいたい。

そして人の弱さや切なさを描く彼の糧になったら、自分のこれまでのことも報われるのかもしれない。

光莉は膝の上の拳を握り締めて、顔を上げる。

「あの……私の話を聞いていただけますか？」

二季草渉はとても穏やかな微笑みで、そっとうなずいた。

「僕で良かったら」

ありがとうございます、と光莉は深呼吸をし、姿勢を正した。

3

ピピピ、と光莉のスマホが音を立てた。

これは、もしものためのアラーム音だ。

光莉は宿泊せずに東京に帰る予定であり、飛行機の時間に間に合わなくならないよう、一応設定していたものである。

「長く自分の話をしてしまって申し訳ないです。私はそろそろ……」

光莉はアラームを止めて、おもむろに立ち上がる。

「藤森さんの話、もっと聞きたかったな」

「今度はもう少し、ゆっくりお邪魔させていただきます」

まさかこんなに話が弾むとは思っていなかった。

今日は社交辞令のような挨拶をし、菓子折りを渡して、そのままトンボ帰りになるだろうと踏んでいたのだ。

「その前に近々横浜に行きます」

ぜひ、と光莉は明るい顔で大きく首を縦に振る。

「草刈さんに直接会って、何も言わずに東京を飛び出してしまったことを謝りたいし」

そう続けた二季草に、そんな、と光莉は手を横に振った。

「草刈は怒っていませんし、そもそも謝るようなことではないです。ですが二季草先生のお言葉、草刈はきっと喜ぶと思いますよ」

そうだといいな、と二季草は洩らす。

「実は草刈さんに対して申し訳なかったから、声を聞くのが怖くて電話もできなかったんだけど、近いうちに電話をしてみることにします」

と、二季草が叱られた子どものような顔で言ったので、光莉の頬が緩む。

二季草は、彼が描く小説の主人公のように、繊細で不器用な人のようだ。

十七時二十分の高松空港発の飛行機に乗り、羽田に着いたのは十九時になる頃だった。

本来はもっと遅くなる予定だったが、二季草と藤子が空港まで車で送ってくれたため、早い便に変更できた。

高松空港から二季草の家までは、バスと電車で二時間近くかかったというのに、車で高速道路を利用した場合、三十分もかからなかったのだ。

ここまでの時間短縮になるのだったら、来るときも下手に遠慮などせず、タクシーを利用しておけばよかった。

空港で二人に礼を伝えると、二季草が温かな眼差しを光莉に向けて、こう言った。

『あの頃の僕と同じように、藤森さんもきっと溜め込んでいることがたくさんあるんだよね。その一つ一つに、しっかり向き合ってみたらどうだろう』


「……しっかり、向き合う、か……」

羽田空港からの帰りの電車は思いのほか空いていて、席に座ることができた。

光莉は二季草渉の言葉を反芻《はんすう》し、声にならないほどの小声でつぶやき、ぼんやり、車内の液晶ディスプレイを眺めていると、新しい商業施設の広告が流れ出した。

「あっ、あそこ行ってみたいんだよね」

「オープンして間もないから、まだ混んでるって」

なんて、カップルの声も耳に届く。

広告の最後に『ＦＵＪＩＭＯＲＩ《フジモリ》』という文字が表示された。

光莉は自嘲気味に笑って、目を伏せる。

今日の昼、眩しい光が差し込むリビングで、光莉は二季草に自分の家の話をした。

『私は、藤森グループの会長の一人娘なんです』

二季草はぱちりと目を瞬かせて、訊き返した。

『藤森グループっていうと、藤森ビルの？』

はい、と光莉は首を縦に振る。

これは、多くの人がする反応とまったく同じだった。

光莉の家は、祖父が貿易で財を成し、その後、様々な事業を展開。今やデベロッパーと呼ばれている。

そんな藤森グループの現会長が、光莉の父・藤森彰《あきら》だ。

家は祖父の代から都内にあるのだが、父・彰は横浜を好み、まだ独身の時に高台に洋館を建てて、一人で暮らしていた。

その生活が快適だったようで、彰は長い間独身だった。

しかし、跡取りの一人息子がいつまでも独り身なのは具合が悪かったらしく、再三に渡って、両親は彰に結婚するよう、言い続けたそうだ。

彰は、その声に負けて、光莉の母・茉莉花《まりか》とお見合い結婚をした。

茉莉花の家も一代で財を成した資産家で、お互いの家にとって利益となる、いわゆる政略結婚だった。

茉莉花は結婚後、すぐに妊娠し、光莉が誕生したのだ。

光莉は、寡黙だが優しい父と、自由奔放だが優しい母の許、横浜の海を望める高台の屋敷で、悠々自適に育った。

物心ついた時から、リビングの中心にグランドピアノがあったため、ピアノに触れるのが当たり前の毎日だった。

ピアノを弾くのが好きで、本を読むのが好きで、将来はピアニストか編集者になりたいと両親に話していた。

中学・高校は横浜山手の女子学園に通い、大学も実家から通える横浜の大学に進学しよう、と心に決めていた。毎日がとても楽しかった。

あの日までは――。

『それじゃあ、君は、ピアニストではなく、編集者になることを選んだんだね』

過去の話を打ち明けた時、二季草はにこやかに言ったのだが、実のところそうではなかった。

自分は、ピアノに触れなくなってしまった。

きっかけは、高校の修学旅行だった。

出発前に提出する書類で、血液型を書く欄があったのだ。

光莉は、自分の血液型を知らなかった。

一昔前は産後に血液型を知らされたそうだが、母親の抗体の状態に大きく影響されることが分かり、母子手帳に記されることもなくなったのだという。

自分の血液型を母に聞いたところ、

『私も知らないのよ。パパがAB型で、私がO型だから、あなたはAかBね。書類にはAかBですって書いておくといいわ』

と、そんな言葉が返ってきた。

『そんな、万が一、私が事故に遭ったらどうするの？』

『もし事故に遭って輸血が必要になったらその時には必ず調べるんだから、血液型を書く意味なんてないのよ』

大雑把ではあったが、母の言葉は一理あった。

しかし、このことをキッカケに光莉は自分の血液型を知りたいと思うようになり、病院に行って血液型検査をすることにした。

その検査の結果は……。

『O型だったんです』

と、光莉がぽつりと零《こぼ》した時、二季草渉が微かに眉を顰《ひそ》めた。

光莉は小さくうなずいて、自嘲気味に嗤《わら》う。

父がAB型で、母がO型。そんな夫婦の許に、O型の子どもが生まれるはずがない。

『私は、父の子ではなかったんです』

二季草は労《いた》わるような口調で訊ねた。

『それで、君は……?』

当時、事実を知った光莉は、母に直接聞いた。どういうことなの、と。

そのことを二季草に伝えると、彼は大きく目を見開いた。

『それをお母さんに直接聞けるなんて、君は強いね』

どうでしょう、と光莉は首を傾《かし》げる。

強かったのだろうか?

あの時の自分を突き動かしているのは、怒りだと思っていた。

嫌悪感と動揺のままに問い詰めたのだから、父を裏切っていた母への怒りに他ならない——と、これまで思っていた。

しかし、二季草に『君は強いね』と言われたことで、別の視点を授かった。

今にして思えば、あんなふうに直接聞くことができたのは、自分がそれまで愛されて育ってきたが故だろう。

高い自己肯定感があったから、できたのではないだろうか。

光莉の問いに、母は狼狽《うろた》えるだろうと予想していた。

誤魔化《ごまか》さずに真実を話してほしい気持ちと、自分が信じてしまうくらい上手く誤魔化してほしいという相反する想いを抱えながら、光莉は母の言葉を待つ。

だが、母の反応は意外なものだった。

『いつかこの日が来るのかもしれないと思っていたけど、思ったよりも早かったかな』

母にそう言われた時、心臓が早鐘を打ち、額に冷たい汗が滲んだ。

光莉が何も言えずにいると、茉莉花は、ひとつ大きな息をついて、しっかりと光莉を見詰めた。

『そう、光莉はパパの子じゃない。もし、いつか光莉が気付く時があったら、ちゃんと話そうと思っていた』

落ち着いた口調ではあったが、母も動揺していたようだ。手にしたコップの水を一気に飲んでから、話を始めた。

『ママはね、親の命令でパパとお見合いをしたんだけど、その時すでにママのお腹にはあなたがいたの』

え……と、光莉はかすれた声を出す。

『そして、ママは、そのことを正直にパパに伝えたの』

『本当に？　それじゃあ、パパ、分かったうえで結婚したってこと？』

ええ、と母は首を縦に振った。

『お見合いの席で、パパと二人きりになった時、ママは「実は私、妊娠しているんです。

ですのでこのお見合い、あなたの方から断っていただけませんか」ってお願いしたの。そうしたら、パパは本当にびっくりした顔をして……後にも先にもパパのあんな驚いた顔、見たことがない』

母は遠くを見るような目でしみじみと話す。

たしかに、父はいつも平静な人だ。

光莉も父が驚く姿を見たことがない。

そんな父でも、さすがに見合い相手からの告白には面食らったのだろう。

『でも、パパはすぐに、「そんな状態でお着物を着ていて大丈夫ですか、苦しくないですか」ってママを労わってくれたのよ。これにはちょっとビックリした。てっきり、激怒されると思っていたから……ほら、お祖父ちゃんが結構大変な人だったし』

光莉の母方の祖父は、光莉が幼い頃に亡くなっている。

そのため、ほとんど覚えていないが、孫の光莉にはとても優しかった。

情に厚い人だとも聞いている。その一方で、ワンマンとしても知られており、気に食わないことがあると、すぐに怒鳴り散らす横暴な面もあったのだという。

妻を平手打ちにすることなど日常茶飯事であり、母は自分の母親をかばおうと、何度も父親と喧嘩し、時にボコボコにされたこともあったそうだ。

『パパが、体を気遣ってくれたことに驚いて、ママも戸惑いから目をぐるぐるさせながら、「大丈夫です」って答えたの。パパはホッとした様子で、その後にこんなことを訊いてきたの』

父は、母にこう訊ねたのだという。

——わたしがこのお見合いを断ったら、あなたはその子の父親と一緒になれるのでしょうか、と。

そうだったら良かったんだけどね、と母は苦笑した。

『ママの彼……光莉の父親は、お祖父ちゃんの会社の下請けの社員でね。「これ以上うちの娘に近付いたら、おまえの将来を潰してやる」ってお祖父ちゃんに脅されたのよ。それですっかり怖気づいて、ママの前からいなくなっちゃったの。だからママの恋心も醒めちゃって』

それが、自分の本当の父親なのか……。

光莉は情けない気持ちになって、眉根を寄せた。

『別れを告げられた時にはすでに妊娠していたのよ。けど、ママは彼に言わなかった。打ち明けたら産まないでほしいって言われるだろうし、無謀で無責任かもしれないけど、縁があって授かった子なんだから、なんとしても産みたいと思った』

たしかに無謀だが、そんな状況でも自分を産みたいと思ってくれていた母の言葉は嬉しかった。

『で、ママは、その気持ちをそのままパパに伝えたのね。「私はどうやってもこの子を産みたいと思っているんです。ですので、単に見合い相手が気に食わなかったということで断ってほしいんです」ってお願いしたの』

母はそんな切なる思いで頭を下げたという。

『その時、パパは……？』

『そうしたらね、「茉莉花さん、結婚していただけませんか？」って、プロポーズしてきたの』

はっ？　光莉は訊き返した。

びっくりよね、と母は少し可笑《おか》しそうに笑う。

父の言い分はこのようなものだったようだ。

──自分はこれまで周囲から、結婚しろ、孫の顔を見せろ、と再三言われてきて、本当にうんざりしていたんです。茉莉花さんと結婚したらそのわずらわしさから解放されます。そして、茉莉花さんは安全にその子を産めるでしょう。お互いに良いことではないでしょうか。

『それには、ママもまたびっくりして、「孫の顔を見せられるって、この子は藤森家の血を引く孫ではないのに、そんなことは許されないでしょう？」って訊いたのよ』

母の言葉はもっともだ。

——うちは血になんてこだわっていません。父は外に何人も女の人を囲っていて、子どもも孫もいるんです。必要なのは、『本家の一人息子がちゃんと結婚していて、子を儲けている』という事実だけなんですよ。

父はそう言って、自嘲気味に笑ったそうだ。

『ママは、その時のパパの表情を見て、この人も親に振り回されてきた人なんだって、感じたのよね』

そうして、父と母は共同戦線でも張るように結婚したのだという。

『光莉の名前はパパがつけたのよ。あなたが生まれた時ママは他の誰でもなく、パパに名前をつけてもらいたかったの』

そんな自分の出生の秘密は、これまで誰にも話していなかった。

今回、はじめて二季草渉に打ち明けたのだ。

——素敵なご両親だね。

光莉の告白を聞いた時、二季草は眩しいものでも見るような目でそう言った。

光莉自身、母からその話を聞いた時は、父の懐の大きさに感動した。

それは、これまで父に愛され、護られて育ってきたと自負していたからだ。

『お父さんって、すごいね』

光莉はその時、心からの気持ちを吐露《とろ》した。

そうね、と母は穏やかな表情でうなずく。

『ママにとって、パパは恩人よ。生涯かけてその恩を返していきたいと思っている。でも、たぶん、パパはパパで事情があったんだと思うのよね』

事情って？　と光莉が問うと、母は大きく息をついて天井を仰いだ。

『パパにはきっと、一緒になれない好きな人がいたんだと思う……』

そう言った母の表情は、少し悲しげだった。

お互いに利があっての結婚だったが、母はおそらく父に惹かれていったのだろう。父に感謝しながら、父に好きな人がいたことに、今もどこか心を痛めている。

母の気持ちを察すると、光莉の胸もキュッと痛んだ。


事実を知ってから、どこか遠慮する自分になってしまった。

休日には髪を巻いて、ほんのり化粧をしていた自分が、目立つことを嫌うようになり、化粧をするのをやめ、髪を後ろにぴっちりと纏《まと》め、勉強に励んだ。

それまでは、横浜の音楽大学に進学したい、などと思っていたが、父に申し訳ない気持ちになったのだ。

なるべく、公立に行きたいと考え、東京の国立の外国語大学にした。

光莉は、何度かロンドンに短期留学したことがあり、語学が得意だったのだ。

大学進学後は家を出て、あまり実家にも帰らなくなった。

以前は『藤森グループ会長の娘』と呼ばれるのが誇らしかったが、事実を知った後は居たたまれず、逃げ出したい気すらしていた。

なんとかして、自分の力で活躍できたら、この想いからも解放されるのだろうか、などと考えるようになっていた。

就職も、傍から見たらまごうことなき藤森彰の娘である自分ならば、どこを受けても採用してくれそうだと思うと気が引けて、アルバイトを続けていた。

最初は飲食店でアルバイトをしていたのだが、それはなんとなく肌に合わず、次に書店で働き始めた。

楽しかった。やはり、好きな本に触れる喜びは大きかった。

同時に、もう一つの夢だけは諦めたくないと思ってしまったのだ。

目を伏せた時、トートバッグの中の『春川出版』と印字された封筒が見えて、光莉はため息をつく。

ガタンゴトン、と電車が揺れている。

ぼんやりと向けた視線の先に、『横浜赤レンガ倉庫でワインイベント』という広告があった。

子どもの頃、家族や友達とよく行ったなぁ……。

そう思った刹那《せつな》、品川駅に到着した。

電車を降りて、乗り換えのホームへと向かう。一歩一歩進むごとに、横浜に帰りたいという気持ちが強く湧き上がっていった。

——行こう。

何かに突き動かされるように光莉は踵《きびす》を返して、京急久里浜行へ乗り込み、横浜へと向かう。

約二十分で横浜駅に着き、JR京浜東北線に乗り換えて、数分。

桜木町《さくらぎちょう》駅に到着した。

「満月なんだ」

濃紺の空に、くっきりとした満月が浮かんでいる。

綺麗……と、つぶやきながら港へ向かって歩いていくと、ライトアップされている観覧車に半円形のホテル、空中を横断するゴンドラが見えてくる。

慣れ親しんだ街並みだった。

それなのに、しばらく、横浜に帰っていなかったせいだろうか。

こんなに美しい街だっただろうか、と圧倒された。

都会でありながら、ビルが犇《ひし》めき合ってはおらず、張り詰めた空気感もない。

ここは、まるでワンダーランドだ。

人々の余裕と遊び心と、この街が好きだという想いが伝わってくる。

学生の頃、幾度となく遊びに行った赤レンガ倉庫に辿り着く。

もう既に営業は終了しているようで、ひと気はなかった。

しかし、赤レンガ倉庫の光景が見たいだけだった光莉にとっては何の問題もない。

特に好きな場所は、倉庫と倉庫の間の広場である。

その先に海があるのだ。

とはいえ、夜の海は真っ暗で何も見えないのだが……。

そんな風に思いながら、光莉は広場に顔を覗かせた。

赤レンガ倉庫は、下から照らす形でライトアップされている。

その中心に、トレーラーカフェがあった。

車のサイドに満月を模《かたど》ったライトが飾られ、トレーラーの前には『満月珈琲店』と看板が置いてある。

さらに、トレーラーの周りには大きな三毛猫の着ぐるみと、黒いスーツを纏った執事のような中年男性、そして銀色の長い髪を後ろに一つにまとめた中性的で美しい人がテーブルを出していた。

この時間から、オープンするのだろうか？

「あの……」

訊ねてみようと声をかけると、黒いスーツの中年男性が驚いたように光莉を見た。

「これは、驚いた。どうして、あなたがここに？」

不思議そうに問われて、光莉はぱちりと目を瞬かせる。

そんな光莉の様子を見て、彼は何かを察したように、銀髪の美しい人を見た。

「さては、サラさん、あなたの仕業《しわざ》ですか？」

サラと呼ばれている銀髪の美しい人は、心外とばかりに肩をすくめる。

「わたしは何もしていないよ。でも、今宵は射手座の満月。そして海王星《わたし》は今、魚座にいて心地良い。そんな状態だからつい関係者を引き寄せてしまったのかもしれないね」

「それは、困る。彼女はまだ早い」

何を言っているのか分からずに、光莉は眉間に皺を寄せて首を捻る。

すると大きな三毛猫の着ぐるみがやってきて、ふふっ、と笑った。

「これは、大変失礼いたしました。はじめまして、わたしは、満月珈琲店のマスターです」

どうも、と光莉が会釈をして、猫のマスターをあらためて見た。

身長は二メートルはありそうだ。

濃紺のエプロンに、ネクタイをつけており、顔はまんまる。

目は三日月のように微笑んでいる。

驚くべきは、そのふわふわの毛並み。まるで本物のようだ。

今の技術はすごい、と光莉が息を呑んでいると、

「よく分からない会話ですよね」

と、いたずらっぽく笑うマスターに、光莉は素直にうなずいた。

「そもそも、今は牡牛座……いえ、双子座ですよね？」

今日は、二〇二一年の五月二十六日だ。

つい最近まで牡牛座であったが、今は双子座に変わっており、射手座ではない。

「ああ、太陽の星座の話ではなく、月の星座の話をしているんです。太陽は約一か月かけて次の星座へと移動していきますが、月はというと約二日半で星座を移動する。今宵の満月は、射手座の方角で輝いているんですよ」

そして、とマスターは続けた。

「銀髪の御方が海王星の遣いのサラさん、お堅いスーツを着ているのが土星の遣いのサートゥルヌスさんです。夢や幻などを司る海王星は魚座がホームグラウンドです。土星はというと調整や安定を司る星。不確かなものを現実に落とし込む力を持っています。今、そんなお二方が、ここに揃っていて、遠い世界を暗示する射手座で満月を迎えている。そういうわけで、我々の予期せぬお客様を招いてしまうことがある、という話をしているのです」

はぁ、と光莉は気の抜けた返事をする。

このトレーラーカフェは、そういうコンセプトのようだ。

一拍置いて、はたと気が付いた。

「予期せぬお客様って、私のことですか？」

「ええ、そうです」

あっさりうなずいたマスターに、光莉は身を縮める。

やはり、準備中だったのだろう。立ち入り禁止にしていた可能性もある。

「すみません、私はただここに散歩に来ただけなんです」

踵を返そうとすると、いやいや、とサラが笑って言う。

「今宵、君がここに来たということは、縁があるということ。慌てて帰る必要はないです。何より、君は『関係者』だ」

関係者ってどういうことですか、と光莉が口を開こうとした時、

「いや、しかし、彼女がここに来るのは三年半も早い。あなたは相変わらず、時間の感覚がバグっておられる」

と、サートゥルヌスが腕を組んで、サラに一瞥《いちべつ》をくれる。

「そうか。もう少し時が必要なんだね。だけどそれこそ、フラワームーンに相応しい客人ではないか」

サラは両手を広げて、くるくると回った。近寄りがたいほどに美しいが、随分と陽気

な人のようだ。

「フラワームーンは、五月の満月のことですよね……」

満月に呼び名があるのを光莉は知っていた。

一月は、ウルフムーン
二月は、スノームーン
三月は、ワームムーン
四月は、ピンクムーン
五月は、フラワームーン
六月は、ストロベリームーン
七月は、バックムーン
八月は、スタージェンムーン
九月は、ハーベストムーン
十月は、ハンターズムーン
十一月は、ビーバームーン
十二月は、コールドムーン

ええ、とマスターがうなずいた。

「五月は花が咲く季節。花が咲くというのは、ある意味『変化』を意味するんですよ。フラワームーンには、『変化』を願うと良いと言われています。自分にとって、より良い変化です」

光莉は、変化……、とつぶやいた。

「そうです。あなたは、約三年半後、再びここを訪れます。その時にどういう自分でありたいか、しっかりとイメージしてください」

三年半後は、二〇二四年の秋。なぜ、三年半後なのだろう？

そんな疑念よりも、『どういう自分でありたいか』と問われたことに光莉は顔を歪ませた。

「どういう自分でありたいかは、ずっとイメージできています。私は自立していたい。父の世話にはなりたくないんです。自分の力で、自分の夢を叶えたい。それなのに、どうやっても、結局父の恩恵に与《あずか》っている――」

特別な能力がない、中途半端な自分が、『春川出版』に就職できたのは、藤森彰の娘だったからに他ならない。

それを知っていながら、のうのうと入社している自分に吐き気がする。

同期たちががんばっている姿を見るたびに、コネで滑り込んだ自分が恥ずかしくて、居たたまれなくなる。

それでも、編集者になるというのは、自分の最後の夢だ。

父の力と分かっていても、自分はもう夢を手放すことはできなかった。

込み上げてくる涙をグッと堪《こら》えて、奥歯を嚙みしめる。

自分は、こんなことで泣く資格もない。

「光莉さん」

マスターに優しい声をかけられて、光莉は何故、名前を知っているのだろうと驚きながら顔を上げる。

円形のテーブルの上にランタンと、瓶ボトルに入ったドリンクが置いてあるのが目に入り、驚きが上書きされた。

どちらも柔らかな光を放っている。

よく見ると、ランタンの中に生クリームや苺が入っており、天辺には満月のような丸いアイスクリームがフルーツと共に載っている。

瓶ボトルのドリンクの中には、輪切りのオレンジが入っている。

「こちらは、当店の新メニューなんです。どうでしょう。なかなか素敵だと思いませんか？」

光莉は呆然としながら、小刻みにうなずく。

「素敵ですね」

いつの間に用意したのだろう?

光莉が周囲を見回すと、サラとサートゥルヌスの間に、女性が二人増えていた。

一人は、ふくよかで優しそうな中年女性で、もう一人は長い黒髪の女性だった。

二人は光莉と目が合うと、にこりと微笑んだ。

どうやら、彼女たちがトレーラーから持ってきたようだ。

マスターは、そっと胸に手を当てた。

「満月珈琲店には、決まった場所はございません。時に馴染みの商店街の中、終着点の駅、静かな河原と場所を変えて、気まぐれに現われます」

そして、とマスターは続ける。

「当店は、お客様にご注文をうかがうことはございません。私どもが、あなた様のためにとっておきのスイーツやフード、ドリンクを提供いたします。今宵、私たちがあなたに用意させていただいたのがこちら、『満月のランタンパフェ』と『月夜のホットジュース』です。しっかりとした容器に入っているのでテイクアウトもできます」

と、マスターは、ランタンのパフェと瓶ボトルを見下ろしてからお辞儀をした。

「えっ、私がいただいても良いのですか?」

はい、とマスターが大きく首を縦に振り、その背後で、他の皆もにこにこしながらうなずいている。

ねぇ、とサラが、光莉の顔を覗くように訊ねた。

「光莉さん、あなたにはかつて、二つ夢があったんだよね」

すぐ目の前に美しい顔があることと共に、その質問に驚いて光莉は弾《はじ》かれたように顔を上げる。

「どうして、そのことを……？」

そう、光莉には、これまでの人生、どうしてもなりたかったものが二つある。

サラは、光莉の問いかけに対して微笑んだだけで何も答えず、バトンタッチとでも言うようにサートゥルヌスに視線を送った。

サートゥルヌスは、んんっ、と喉を整えて、真っすぐに光莉を見詰める。

「……君はこれまで自分が胸に抱き、途中で置いてきた夢としっかり向き合うといい。それが、君の課題である」

まるで教官のように言う彼に、はい、と光莉は思わず背筋を伸ばした。

すると、黒髪の女性が光莉に歩み寄って、そっと肩を撫でる。

「はじめまして、私はルナ。月の遣いよ」

彼女は月の遣いという設定のようだ。

青白い肌に、紫色の瞳が神秘的な女性で、その設定に説得力を持たせている。

「サーたんは、あんな風に言ったけど、そんなに硬くならなくていいの。光莉さん、月を見て」

と、ルナは、天を指差す。光莉はおもむろに夜空を見上げた。

藍色の空に、くっきりと満月が浮かんでいる。

「あなたは、太陽の星座が双子座で、月の星座が蠍座なのね」

彼女が言う通り、自分は双子座だ。

どうして知っているんだろう、という戸惑いと共に、月の星座と言われてもよく分からず、自然と眉間に皺が寄った。

「太陽の星座は表看板、あなたが外に見せている顔で、月の星座は、あなたの内側、心を示しているの」

そう言うと、ルナは光莉の困惑をよそに話を続ける。

「あなたの表の看板は双子座。広く浅く人とつながって情報を収集し、器用にソツなくこなしていけるけれど、飽きっぽいところもあるサイン」

西洋占星術では『十二星座』のことを星座ではなく、サインと呼ぶのよ、とルナが付け加える。

器用にソツなく……というのは、星占い本にもよく書かれていることだ。自分自身、興味を持って何かを始めると、それなりにこなせる。だが、急に飽きてしまうことも多く、まさに『器用貧乏』と自分でも思っている。

だけど、とルナは光莉の瞳の奥まで見据えるように、しっかりと視線を合わせた。

「心を表わすあなたの月星座は、さっきも伝えたように蠍座。蠍座は、双子座と正反対で、人と深くつながりたいし、興味を持ったことを深く追求するサイン。表側では自由でいたいと言いながら、心は誰かと深くつながっていたい。そんなふうに相反する二つの欲求があなたの中にあって、時に葛藤することもあるでしょう」

光莉は瞠目《どうもく》して、立ち尽くした。

彼女の言う通りだ。

もう自分もいい大人なのだから、心身共に独り立ちしたい。家族に依存せずに生きていきたいと表面で思いながら、心は、真実を知る前に戻りたい、何の憂いもなく、家族といつまでも過ごしていたかったと叫んでいる。

「太陽が『陽』で、月は『陰』よね。光莉さんは、『陰』である月がどうして輝いているか知っている？」

「太陽の光を反射して……ですよね」

そう、とルナは相槌をうつ。

「それが、陽の世界、つまりは、目に見える表の世界の仕組み。でも、陰の世界では、逆に作用するのよ」

「逆？」

ルナはそっと自分の胸に手を当てる。

「『陰』は月で、月は『心』を意味する。あなたの『心』を光で満たすことで、目に見える世界、つまり現実が変わっていくの。あなたは長い間、自分の傷付いた心から目を背けてきている。傷付いたところをちゃんと見て、処置をしないと傷はどんどん膿《う》んでしまう。あなたは、もう傷から目をそらしてはだめ」

彼女が何を言っているか分からない。

「私はちゃんと、自分の傷を分かっていますよ」

自分は、父の本当の娘ではなかった。その事実が、大きな傷なのだ。

そうかしら、とルナは腕を組む。

「もちろん、そのことに傷付いたかもしれない。でも、あなたの心に刺さった楔《くさび》は、それではない。あなたの傷は、あなたのお母様の傷と同じように思える」

「母の傷……？」

母は、父に感謝こそすれ、傷付いてなどいないだろう。

いや、一つだけある。父に想う人がいたのではないか、ということだ。

父が誰かを想っている姿を想像すると、ずきん、と光莉の胸が痛んだ。

じわりと、目頭が熱くなる。

「そうだ、私の傷は、少し違ったんだ……」

この時まで、光莉は自分の傷を自覚していなかった。

母よりも自分よりも、父に大切な存在がいるということが、苦しかった。

自分たちがその人を護るための隠れ蓑《みの》にされているような気持ちになっていた。

それは、父を深く愛していたからこそだ。

だから――。

「私は、いじけていた……自棄《やけ》になっていたんです」

そう理解した時に、ほんの少し胸が軽くなった。

「ちゃんと、自分の心が分かって良かった。『自分の心を明らかにする』というのは、心を照らすということだから。明らかの『明』という字は、日と月が重なっているでしょう。太陽と月の和解なのよ。それが第一歩」

と、ルナが微笑む。

たしかに、すべては和解からの前進だ。

「満月は願いを叶える力を持っているというのは、今や広く知られているけれど、それはどうしてか分かる？」

ええと、と光莉は自信のなさから小声で答えた。

「心とつながっている……から？」

そう、とルナは嬉しそうに微笑んだ。

「そして、月の外には銀河が広がっている。月はね、銀河の星々とあなたの心をつないでくれる、チューナーのようなものなの。光に満たされた満月の時は、解放の力を持つから、自分の願いがあたかも叶ったかのように宣言するの。光が陰に隠れた新月の時は、生み出す力を持っているから、月に伝えるように願いを伝えるといいわ」

ルナはとても優しく穏やかな口調で話している。

それでも、どうしてなのか、光莉の胸が熱くなった。

涙が出そうになって、光莉は再び空を仰ぐ。

目の前が明るくなったようだ。


「ありがとうございます」

と、光莉が礼を言うと同時に、強い海風が吹いた。

一瞬、目を瞑《つむ》り、再び瞼《まぶた》を開けると、そこには何もなくなっていた。

がらんとした広場に、光莉だけがぽつんと一人、残されている。

「え……？」

光莉は目を擦《こす》って、周囲を見回した。

トレーラーカフェもマスターもスタッフの姿もない。

夢でも見ていたのだろうか、と光莉は呆然とその場に立ち尽くす。

しかし、夢ではない証拠が、自分の目の前にあった。

残っていたものもあったのだ。

小さな丸いテーブルとその上にあるランタンパフェと瓶ボトルのホットジュースだ。

「そういえば、テイクアウトもできるって言ってた……」

光莉はぽつりと洩らして、トートバッグの中にランタンを入れる。

ホットジュースだけは今飲みたいと蓋を開けた。

そっと口に運ぶと、オレンジの爽やかな香りが全身に染み渡る。

「美味しい……」

息を吐くように、心から光莉はその言葉を口にしていた。

それにしても、不思議な体験をした。

「そうだ。今は何時だろう……」

スマホを出すと、メッセージアプリに草刈からメッセージと、二季草渉からメールが入っていた。

草刈からは、短いお礼の文章だった。

『お礼は出社した時にと思っていたけれど、本当にありがとう。会った時に色々報告聞かせてください』

そんな、と光莉は苦笑する。

新人編集が担当作家に会いに行っただけの話で、そんなお礼を言われるようなことではないのだけど……。

光莉は『いいえ、二季草先生とお話しできて、嬉しかったです。勉強になりました』という簡単なメッセージと、お疲れ様です、というスタンプを返す。

その後に、二季草から届いたメールを開いた。

『藤森光莉様

お世話になっております、二季草渉です。

今日はわざわざ四国まで足を運んでくださって、ありがとうございました。

藤森さんと話したことで、草刈さんと話をする勇気を持つことができました。

藤子さんに、「そう思えたなら、善は急げだよ」と背中を押してもらい、夕方、草刈さんに電話をしたんです。近況報告を含め、様々な話をしていくなかで、また物語を書きたい気持ちになってきました。

きっかけをくれた藤森さんには、本当に感謝しています。

これから、草刈さんと一緒に、どうぞよろしくお願いいたします。　二季草　拝』

光莉の口から思わず、わっ、と声が洩れる。

「そ、それは、編集者としてはもちろん、一読者としても嬉しいです」

と、光莉は平静を装いながらも、文面を口に出しつつメールを返した。

嬉しくて手が小刻みに震えている。

返信した後、良かった、と光莉はスマホを胸に抱いた。

「そうか、草刈さんからのメッセージは、そういうことだったんだ……」

自分が特別なことをしたとは思っていない。

それでも、自分にご褒美をあげたい気分だ。

幸い自分は今、最高のスイーツを手に入れている。

「家に帰って、ゆっくり食べよう」

そして、自分が捨ててしまったもう一つの夢とも向き合わなくてはならない。

なぜ、ピアノを弾けなくなってしまったのか自分でもよく分かっていないのに、その夢を思うと、また胸がちくりと痛む。

これは、自分の傷を放置してきた故だろう。

もう目をそらす時間は終わりなのだ。

光莉は、しっかりとした足取りで、赤レンガ倉庫を後にする。

頭上には、大輪の花が咲くようにフラワームーンが輝いていた。

Interlude

遠ざかっていく藤森光莉の背中を見送りながら、ウェーブがかった長い髪のふくよかな中年女性・木星《ジュピター》は胸に手を当てて、大きく息をついた。

「驚いた。藤森光莉さんがこんなに早くここに現われるなんて」

まったくです、とサートゥルヌスは肩をすくめて、サラに一瞥をくれる。

「サラさんが地上に降臨されると、こういう規格外のことが起こる」

「だって、わたしは彼女にも感謝しているんだよ。彼女がきっかけとなって、また素敵な物語が生まれるんだから。そういうこともあって、惹き寄せちゃったんだろうね」

と、サラは悪びれもせずに笑う。

でも、とジュピターは沈痛の面持ちを見せる。

「たしか、ブランクを経て出版した作品は期待外れだ、駄作だって世間の酷評を受けて、小説家は大きく傷ついてしまったのよね？」

ううん、とサラが首を横に振った。

「あの事象は、この世界線ではないんだよ」

「そうか、この世界線は川田藤子さんが勇気を出して、鮎沢渉を追い掛けた先のもの。酷評を受けた世界線では、鮎沢渉は失意のまま事故に遭って入院しているわけだ」

うんうん、と納得しているサートゥルヌスの横で、ジュピターは大袈裟に肩をすくめた。

「頭がごっちゃになりそうね。それじゃあ、事故に遭った世界線での小説家は、どうなってしまったのかしら？」

サラは、大丈夫、と胸を張る。

「酷評を経て傷付いた世界線でも、彼と彼女は出会って手を取り合えるよ。そのためにわたしはあの日、父母ヶ浜《ちちぶがはま》に降り立ったんだから」

「ったく、贔屓《ひいき》が過ぎるな」

サートゥルヌスが呆れたように息をつくと、サラはニッと笑った。

「いいじゃないか、星の力は万能ではなく、偏っている。そもそも、我々は神や仏じゃないんだ。気に入った者を気まぐれに救うのがわたしたちだよ」

「あなたはそうかもしれないが……」

と、サートゥルヌスが言い返す前に、ジュピターがいひひと笑う。

「そうね、サーたんも、つい、勤勉な人を贔屓しがちだものね」

サートゥルヌスが、ぐっ、と言葉を詰まらせる。

そんな皆を見てマスターは愉しげに笑いつつ、こちらに向かって駆けてきた白いペルシャ猫とシャム猫、そしてアビシニアンの姿を見て、手を振った。

三匹は、トレーラーカフェの前まで来ると、人の姿に変わる。

星の光のような髪と、金色が混じった碧眼を持つ若い女性・金星《ヴィーナス》、銀髪に冷めた水色の瞳を持つ少年・水星《マーキュリー》、艶やかな赤髪と同じ色の瞳を持つ青年・火星《マーズ》だ。

「お帰りなさい、観覧車はどうでしたか？」

マスターの問いに、マーキュリーは、まぁ、と素っ気なく答える。

「とにかく、ヴィーが『素敵、素敵』ってやかましくて」

だって、とヴィーナスは目をキラキラさせながら両拳を握る。

「最高だったんです。横浜って本当に素敵ですね。港町だからでしょうか、昔住んでいた町を思い出しました」

そう言うとヴィーナスは懐かしそうに海を眺め、風にそよぐ髪を耳に掛けた。

「小樽《おたる》だったか？」

静かに問うたマーズに、うん、とヴィーナスははにかむ。

しんみりとした空気になったことに気が付いたヴィーナスは、慌てたように言う。

「それはそうと、お待たせしてしまってごめんなさい」

マーキュリーが辺りを見回して、あれ、と意外そうな声を出した。

「あれ、いつも来ない冥王星様《ハデス》はさておき、今宵は天王星《ウーラノス》さんもいないんだね？　サラさんも来るときは、絶対来そうなのに珍しい」

マスターは、ええ、とうなずいた。

「ウーラノスさんは今、牡牛座の四ハウスにいらっしゃるということで、自分の部屋でゆっくり過ごすそうですよ」

四ハウスは『家や自分の居場所』を示し、牡牛座はあまり動かずゆったりくつろぐ星座だ。今宵、天王星《てんのう》はそこに滞在しているため、ウーラノスものんびり過ごすのだという。そして、ハデスはマーキュリーが言った通り、滅多に姿を現わさない。

だがきっと、どこかで見守っているだろう。

さて、とマスターは両手を合わせた。

「皆さんで、新作を試食しましょうか」

マスターがそう言った瞬間、広場に円形のテーブルと八脚の椅子が現われる。

皆が座る位置は、決まっている。

マスター、ルナ、マーキュリー、ヴィーナス、マーズ、ジュピター、サートゥルヌス、ウーラノス、サラ、ハデスと星の並びである。

今宵はウーラノスとハデスが不在なため、マスターの席はルナとサラの間だ。

マスターが、ぱちんと指を鳴らした。

その瞬間、テーブルの上に『満月のランタンパフェ』が、ポンッポンッと並んでいく。

ヴィーナスが、素敵、と目を輝かせた。

「ランタンの中にスイーツが入っているのね。マスターの新作を一番に食べられるのは、役得よね」

「うん、それはそう思う」

「俺も同感だな」

席に着きながらそう話すヴィーナスとマーキュリーとマーズに、他の者たちは顔を見合わせて、くすくすと笑った。

「あら、その意味深な感じはなぁに？」

「実は、今回の新作に限っては、私たちよりも先に手にした人がいるのよ」

と、ジュピターが、マーズの隣に腰を下ろす。

うん？　とマーズが眉間に皺を寄せた。

「今日は人は来ないと思っていたのだが」

「サラさんの影響だな」

すかさずそう言ったサートゥルヌスに、サラは肩をすくめる。

「何度も言わないでよ」

ねぇ、とヴィーナスは前のめりになる。

「どんな人が来られたの？」

「今からお話ししますよ。その前に、『月夜のホットジュース』を淹れましょう。皆さんには、カップに注ぎますね」

マスターはオレンジがたっぷり入ったガラスのティーポットを持って、皆のカップに注いでいく。

マスターが席に着くなり、

「それがね、なんとあのマダムと縁のある子で」

「二季草さんの新しい担当編集さんでね」

と、ジュピターとサラが同時に口を開くも、それぞれ伝えたいことが違っている。

「ちょっと、一旦落ち着こうよ」

マーキュリーの冷ややかな言葉に、ジュピターとサラは「はい」と素直にうなずき、皆は声を揃えて笑った。

叶いやすい願いごと		
月の位置	新月の時期 （種まき・叶えたいこと）	満月の時期 （解放・手放したいこと）
牡羊座 ♈	仕事や勝負のこと	短気な性格、嫉妬心
牡牛座 ♉	お金、収入のこと、 才能を見つける・使う	頑固さ、執着、慎重すぎること、 お金への不安・悩み
双子座 ♊	トーク・コミュニケーション能力、 情報発信、SNSでの成功	飽きっぽさ、いいかげんさ、 内弁慶、器用貧乏
蟹　座 ♋	理想の住まいを手に入れる、 より良い家族・仲間が増える	感情の浮き沈み、心配性、 おせっかい、傷付きやすさ、 怖がり、寂しがり
獅子座 ♌	スター性、上手な自己表現、 イベントの成功	自信のなさ、過小評価、見栄を張る、 プライドの高さ、自己否定
乙女座 ♍	ダイエット、健康管理、 仕事の効率アップ、能力の向上	完璧主義、人への批判、不満、 神経質、自分のことを後回しにする
天秤座 ♎	良好な人間関係、 素敵なパートナーが見つかる、 美的センス向上、個性発揮	八方美人、自分の気持ちを 言えない、結婚やパートナー・ 人間関係にまつわる悩み
蠍　座 ♏	不労所得、大きな財産、恋人や 親友、家族や親戚との関係性改善	嫉妬心、疑い深さ、未練、 恨み、辛い過去、閉鎖的な性格
射手座 ♐	自分磨き、海外との縁づくり、 専門的な学び	気前が良すぎる性格、ルーズさ、 可能性を信じられないこと
山羊座 ♑	出世、仕事での成功、目上の 人との関係性改善、目標達成	まじめすぎる、堅苦しさ、 冷淡さ、情のなさ
水瓶座 ♒	仲間とのつながり、人脈拡大、 インターネットビジネス	過剰なこだわり、頑固さ、反抗心、 素っ気なさ、甘えられなさ
魚　座 ♓	芸術的な才能の開花、癒される こと、人を許す気持ちの育成	依存症、相手を優先しすぎる性質、 被害妄想、ルーズさ

第二章

新月の夢想曲とフルーツケーキ

二〇二一年　夏

1

『草刈さんは、なぜ編集者になろうと思ったのですか？』

これは、これまでの編集者人生で幾度となく聞かれた質問だ。

そのたびに自分は、子どもの頃から本を読むのが好きだったんですよ、などと答えている。

質問した相手は、予想よりも単純であり、想像の範疇《はんちゅう》である回答に拍子抜けした様子で微笑んでくれる場合が多い。

真の理由は、さらに単純だ。

出版社の編集者という職業を『カッコイイ』と感じていたからだ。

世の中がまだバブルに浮かれていた学生の頃になりたいと思っていた職業は、テレビ局のプロデューサー、大手広告代理店の営業、出版社の編集者。理由はどれも同じで、自分の中で思うカッコイイ職業だからである。

しかし、前者二つの職業で上を目指すには、モンスター級のコミュニケーション能力を要するであろう。

勝手なイメージであるが、飲み会も多そうだ。

人付き合いが苦手というわけではないが、得意というわけでもないし、飲み会も嫌いではないが、酒が強いわけではない。

取捨選択した結果、自分は編集者になろうと思った。

しかし、大手出版社でないと、『カッコイイ』とは思えない。

どこでも良いから大手出版社に入社したいと思ったが、自分は二流大学出であり、特筆すべき特技もコネもない。

自分が就職活動をしている当時はまだ日本の景気も良く、売り手市場だったが、大手出版社は人気が高く、面接はすべて惨敗。

唯一拾ってくれたのは、中堅の出版社だった。

業界に入って気が付いたのは、出版社をまたぐように転職する者が意外に多いということ。

引き抜きも珍しい話ではなかった。

就職と同時に大学時代から交際していた女性と結婚したこともあり、自分は気負っていた。ここでヒットを飛ばして、名を上げて、大手に転職しようと心に決めた。

新人賞に積極的に関わったり、過去に文学賞を受賞したものの二作目の壁に苦しんでフェードアウトしてしまった作家に会いに行ってみたり、時おり飛び込みで持ち込まれる原稿を読んだりもした。

ちなみに多くの出版社は、小説の持ち込みを断っている。そのため、『持ち込まずに、新人賞に応募してください』と伝えることがほとんどだ。

だが、自分が持ち込みの場面に遭遇した場合は、『弊社は、本当は持ち込みを受け付けていないのですが』と前置きをしたうえで、目を通すようにしていた。

というのも自分は、『上手い作品』ではなく、『引力がある作品』を求めていたからだ。

小説は漫画と違いサッと読めるものではない。そのため、『持ち込まずに、新人賞に応募してください』と伝えることがほとんどだ。

引力のある作品は全文読まずとも、書き出しと最初の数ページで分かる。

首根っこをつかまれて、物語の中に引きずり込まれるような感覚を与えてくれる作品がまれにある。

しかし、持ち込まれた作品の九割が、公募に出しても一次も通らないであろう出来だった。

やんわりとそのことを伝えると、憤慨《ふんがい》して帰っていく人も多い。

編集者なのに見る目がないな。まぁ、〇〇社の編集なら仕方ないか、俺が他の出版社でデビューして、大人気作家になっても、ここでは書いてやらないからな、と吐き捨てられたこともあった。

それは願ってもない。あなたがどんなに売れっ子になったとしても、そんなふうに吐き捨てる人とは仕事をしたくないですよ、と心の中で思ったが、大人なので口には出さずに、苦笑を返すのみだ。

その一方で、この作品をどうしたら良くなるのか、と真剣にアドバイスを求められた時は、自分も真摯《しんし》に答えた。

『あなたの頭の中に、壮大で面白い物語が広がっているのは伝わってきます。ですが、それがちゃんと書かれていない。面白さが分かりやすく表現されていないんです。譬《たと》えるなら昔、大冒険をした老人が、自分の活躍を思い出しながらだらだらと語っている感じなんです。あなたは、老人の語りをそのまま書くのではなく、老人からしっかり冒険の話を聞き取ったうえで、映画にして人に届けるつもりで書いてみてください。冒頭から中盤までだらだらとした映像が流れたら、観客は退屈に思うでしょう。最初に「これはどういうことなのだろう」「この人はどうなるのだろう」と感じさせる。しっかりクライマックスのシーンを用意する。そして、やはりキャラクターが大事です。シャーロック・ホームズもインディ・ジョーンズも、魅力的で彼の活躍をまた観たいと思わせるでしょう』

と、自分が映画好きということもあり、つい、映画を引き合いに出したアドバイスをしてしまうことが多かった。

さらに誰かにそのようにして伝えることで、自分は高尚な文学よりもエンタメが好きであり、なおかつ、ジェームズ・ボンドや明智小五郎《あけちこごろう》といった、完全無欠のヒーローよりも、完璧ではないが、憎めないヒーローを好んでいると気が付いたりもした。

アドバイスを基に書き直してきた者は、数パーセントだった。

あれは、自分が、三十路《みそじ》になる少し前のことだ。

あの年は、自分でもアタリ年だったと思っている。

プライベートでは、待望していた子どもが誕生したのと、仕事では金の卵に出会えたのだ。

金の卵は、『遊馬《ゆうま》』という筆名の二十代半ばの男性だった。

草刈さんは、作品を読んでくれると聞いたんで、と原稿を持ち込んできたのだ。

彼の原稿を読むと粗削りではあったが、惹き込まれるものを感じたため、いつものように色々とアドバイスをしたところ、彼は険しい表情を見せた。

また、捨て台詞を吐かれるのを覚悟したが、遊馬は小さくお礼を言って、ぶつぶつと口にしながら社を後にした。

きっともう来ないだろう……、と踏んでいたのだが、遊馬は再び姿を現わした。

アドバイスを参考に直してみました、と言って。

あの時、遊馬が険しい表情を見せていたのは、怒っていたのではなく、アドバイスをどのように反映させるかを考えていたのだという。

ブラッシュアップされた作品は、最初の原稿からは考えられないほど良い仕上がりとなっていた。

これはいけるかもしれない、と久々に興奮を覚え、『ぜひ、弊社の小説賞に応募してください』と勧めたところ、遊馬の作品は最終選考五作品に残った。

しかし結果は、佳作。

もう少し上の賞に、と自分は推したのだが、他に良い作品があったため、力及ばずであった。

佳作は、編集者からのアドバイスと一万円分の図書カードのみで、本になることはない。が、自分はぜひ、遊馬の作品を書籍化したいと編集長に強く申し出た。

編集長は渋い表情で、宣伝の予算はそれほどつけられないが、という条件の許、了承を得た。

低い予算でできる限りのプロモーションをしようと、営業と打ち合わせを重ねた。

そうして発売した遊馬の作品は、異例の大ヒットとなった。

コミカライズ、アニメ、映画と次々にメディアミックスされ、海外でも話題を呼び、累計発行部数は二百万部を突破。

俺は行けると思っていたよ、と編集長のドヤ顔を見た時は苛立ったものだ。

しかし、遊馬がインタビューで、

『今でこそ俺の作品は評価してもらえてますが、元々公募は全敗で、どこの出版社に持ち込みをしても門前払いだったんです。ですが、今の担当さんだけは違いました。持ち込んだ作品を読んでくれて、丁寧にアドバイスをしてくれました。そのアドバイスを基に書き直したのが、この作品なんです』

などと答えてくれていたのを読み、報われた気持ちになった。

そして、このインタビューをキッカケに、自分の名前も瞬く間に広まった。

しかし、弊害もあった。

社に持ち込み希望者が溢れるという事態になり、『当社は持ち込みをお断りしています』という張り紙を出す事態に陥ったのだ。

元々うちは持ち込み禁止なのに、あいつが余計なことをしたから、と社内で陰口をたたかれることも多くなり、居心地の悪さを感じ始めていた。

春川出版の編集長に声を掛けられたのは、そんな頃である。

『草刈君、うちに来ない？』

自分は二つ返事で了承した。

自分を採用してくれた出版社に恩義を感じてはいたが、元々は実績を作って大手に転職するためにがんばっていたのだ。

あの特大ヒットで恩は返せただろうと自負しているし、何より自分がいなくなれば、持ち込み騒動も落ち着くだろう。

意気揚々と春川出版に就職し、文芸編集部に配属された。

担当する作家も多く、忙しい日々を送ることになった。

持ち込みを受ける暇もないし、何よりセキュリティがしっかりしている春川出版の自社ビルでは、アポイントのない者の訪問をとりついだりしない。

子どもの頃から読んできた大御所作家の担当ができた時は感動したが、悲しいかな、人はすぐに慣れるものだ。

ふと気が付くと、以前のように熱心になれなくなっている自分がいた。

ソツなく仕事をこなし、毎日を送っている。

前の会社にいた時は、もっとがんばれていたのに。

あのエネルギーは、どこにいってしまったのか——。

『なんか分かります。俺もそうなんで』

そう言ったのは、遊馬だった。

『夢が叶うと、自分のエネルギーが向かう先を失って、分散されちゃうんですよね』

神楽坂でフレンチを食べながら、遊馬はしみじみと話す。

まさに大きな夢を叶えた彼の言葉には、説得力があった。

そんな彼は書く気力が湧かなくなり、他のことを始めることにしたそうだ。

有り体に言うと、作家を引退するのだという。

三十を前にして、ようやく決断ができた、と彼は話す。

残念です、と伝えると、遊馬は自嘲気味な笑みを浮かべた。

『……いや、俺も苦しかったですよ。草刈さんのおかげでデビュー作が爆売れして、浮かれましたが、その後二作目の壁もしんどかったですし、いつまでもデビュー作を代表作のように言われるのも嫌で……。なんかあれ以上のものは書けない気持ちになってくるっていうか。自分もまだ若いですし、おかげさまでお金もあるし、ここらで見切りをつけて、他の夢を探そうと思っています』

寂しい気持ちは否めないが、彼の気持ちには嫌というほどに共感できた。

自分もまさに同じ状態なのだ。

『俺、草刈さんには、めっちゃ感謝していますよ。俺も誰かの夢に寄り添って応援できる人になりたいって思ってます』

そう続けた彼の言葉には、救われた。

今の担当作家を聞かれて、著者名を伝えると、大御所ばっかかっすね、と彼は笑った。

『草刈さんは、大御所の担当をするよりも、俺みたいな金の卵を見付けて育てたいタイプでしょう？　ぜひ、第二第三の俺を発掘していってくださいよ』
その時、彼が何の気なしに零した一言が、自分の目を開かせてくれた。
そうなのだ。
自分は、著名な作家の担当をするよりも、無名の新人を見付けて育てたい人間だった。
初心に返ってもう一度がんばろう。
二季草渉の作品に出会ったのは、そんな頃だ。

2

──そうして、約二十五年か。

草刈吉成はピアノの音に耳を傾けながら、早いものだ、と懐古に耽る。

カウンターテーブルの上のグラスには、琥珀《こはく》色のスコッチウイスキーの中に丸くカットされた氷が沈んでいた。

ふと横を向くと、ライトアップされた観覧車を中心に、横浜みなとみらいの夜景が広がっている。

まるで、バブル時代を思わせるな、と草刈は頬を緩ませた。

みなとみらい駅は品川駅から電車で約三十分。

たった三十分で、こんな景色を眺めながら酒を飲めるBARがこの辺りにはいくらでもあるのだ。たまに横浜まで足を延ばすのも良いかもしれない。

そんなことをしみじみ思っていると、店内にスマートな中年男性が姿を現わした。

作家の二季草渉だ。

彼は店内を見回し、草刈の姿を見付けると、パッと顔を明るくさせる。

他の大御所作家であれば椅子から立ち上がって頭を下げるところだが、二季草はそういったことを嫌うため、あえて、一礼に留めておいた。

「草刈さん、わざわざ、横浜まで来てくれてありがとう」

と、二季草は、草刈の隣に腰を下ろす。

彼は、このBARが入っているホテルに宿泊しているそうだ。

「いえ、こちらこそ、本来なら四国にお邪魔したいところだったんですが」

いつの間にか四国に移住し、その報告のメールを最後に、音信不通だった二季草から電話が来たのが、つい先日のこと。

『また書きたいと思っているんだ』

その言葉を聞いた時は、不覚にも目頭が熱くなった。

『すぐにそちらに伺います』

と草刈が言うと、二季草は笑って答えた。

『いやいや、近々、横浜に行く予定だから、その時にお会いしましょう』

あの二季草渉が、また書きたいという気持ちになってくれたのだ。

彼のデビュー作を推したのは、他の誰でもない自分だった。

現在、春川出版の小説賞は、著名な作家が選考委員を務めているが、当時は編集部の人間が選考していた。

編集者自身が可能性を感じた作品を担当するのが一番だと考えていたためだ。

二季草渉の作品を読み、これはいける、と電流が走った。

『この作品に可能性を感じるんです』

と、草刈が声を上げたことで、受賞が決まった。

まさに、鶴の一声だ。

以前は同じように推しても佳作止まりだったのに、一度結果を出すと、こうも周囲は変わる。

そして、あの時の直感は外れておらず、二季草渉の作品はヒットした。

二作目、三作目と間を空けずに新作を刊行できたことも手伝い、二季草渉は飛ぶ鳥を落とす勢いで、一躍大人気作家へと昇り詰めた。

二季草の許にモヒートが届き、乾杯、とグラスを掲げた。

「藤森から聞きましたよ。四国でお幸せそうにされていたと」

パートナーと暮らされているとか……、という言葉を付け加えようとして、もしかしたら嫌がるかもしれないと思い、草刈はそれを呑み込んだ。

二季草は、恋愛に関わる話を振ると、口を噤《つぐ》んでしまう傾向にあった。

しかし、今の二季草は変わったようだ。

「うん。昔お付き合いしていた人……藤子さんというんだけど、彼女と再会して一緒に暮らしている。映画を観たり、音楽を聴いたり、ピアノを弾いたり、楽しい毎日を送れているんだ」

そう話す、穏やかな横顔を見て、心の底から安堵した。

以前の二季草は人当たりは良いものの、常に見えない壁を自分の周りに作っていたのだ。

同時に、胸の内がちりりと焦《こ》げるような感情も覚える。

それを鎮火させるように、小さく息をついた。

自分は、二度、金の卵を見付けて、人生が変わった。

一度目は遊馬で、二度目は彼、二季草渉である。

二季草の原稿に心惹かれ、どんな人なのだろうと、楽しみにしながら打ち合わせの席に行き、彼と出会って、言葉を失った。

俳優のように甘いマスクを持ち、背が高くスマート。それでいて、調子に乗っているところがまったくなく、控えめで、物腰が柔らかい。

一目で、彼は大スターになると確信した。

とんでもない金の卵を見付け出したと武者震いし、自分は彼に傾倒していった。

しかし、その反動もあったのだ。

口の中に苦いものがこみ上げてきた気がして、草刈はウイスキーでそれを流し込む。

気を取り直して、草刈は笑みを浮かべる。

「横浜には、藤子さんもご一緒に？」

「ううん、本当は二人で来たかったんだけど、猫の面倒を見てくれるはずの友人が、体調を崩しちゃってね。今回は僕一人で」

「残念でしたね」

「そうだね。でも、今回は取材を兼ねてだから、一人の方が良かったかもしれない」

二季草は、取材をする際は、一人を好むことが多かった。

孤独な方がその地を堪能できる、と言っていたのが、印象に残っている。

二季草は頬杖をつき、そういえば、と草刈を見た。

「うちに来てくれた新人さん、藤森グループの娘さんなんだね」

ええ、と草刈はうなずいた。

「二季草さんは、藤森に会ってどう思いました？」

「……ソツなく仕事ができる雰囲気だし、要領が良い方なのかな。芯が強いけれど、繊細な部分もある人だと思ったよ」

そして、と二季草は続ける。

「彼女は自分が、藤森彰の娘だから春川出版に入社できたと思っている。そのことを恥じていて自責の念に駆られているように見えたかな」

二季草は、豊かな感受性と鋭い観察眼を持っている。

「やはり、そうでしたか……」

と神妙な面持ちになった草刈に、二季草は小声で訊ねた。

「実のところ、コネなのかな？」

どうでしょう？　と草刈は首を傾げる。

「人事の時に関わっていないので、なんともいえないのですが……」

藤森彰の娘が面接に来たとなれば、落とせないだろうな、とも思う。

「とはいえ、彼女は自分の実力で国立に進学しているわけですし、恥じることはないと自分は思うのですが」

「草刈さん、それ、彼女に言ってあげた？」

「いえ、本人から相談を受けたわけでもないのに、そんなこと言えないでしょう」

そうだよね、と二季草は肩をすくめる。

「でも、機会があったら言ってあげてほしいな。なんだか、色々と抱えている感じで、気になって……」

藤森が、心に大きなものを抱え込んでいるのは感じていた。

そうですね、と返して、草刈はウイスキーを口に運ぶ。

あのくらいの年齢の女子と、どう接していいのか分からない。

彼女は、娘と同い年なのだ。

娘のことを思うと、胸がちくりと痛む。

話題を変えようと、草刈は居住まいを正した。

「今回は、横浜が舞台の話なんですか？」

なるべく平静を装っていたが、声が少しだけ上ずっていた。

「これを見てほしいんだ」

と、二季草はおもむろにバッグの中からＣＤケースを出した。

それは、クラシック音楽のＣＤだ。

グランドピアノの写真が、ジャケットになっている。

元々ＣＤ世代だが今やすっかり音楽配信に馴染んでいるため、こうしたＣＤケースが少し懐かしく感じられた。

「これは、藤子さんの家にあったＣＤで、なんとなくかけてみたら、そのピアニストの演奏に心を奪われてね。気になって彼のことを調べてみたんだ」

もう亡くなられている方なんだけど、と二季草は付け加える。

「京都出身で子どもの頃からピアノを習い、横浜の音楽大学に進学後に指揮者に転身。その後、プラハに留学して世界的に活躍する指揮者になるけど、四十歳頃に指揮者を引退して、彼はピアノを弾くようになるんだ」

草刈は黙って次の言葉を待つ。

「僕が興味を持ったのはここからでね。そんな彼が一番好きな曲は、『パッヘルベルのカノン』――なんだけど、なぜか、公の場では人生で一度しか演奏していないんだ」

へぇ、と草刈は相槌をうつ。

「どうしてなんだろう、と考えているうちに物語が浮かんできて……」

と、二季草は、これらの事柄からインスパイアされた構想を話す。

草刈は、そんな彼の一言一句を聞き逃さない心持ちで相槌をうった。

「どうかな……？」

話し終えた二季草は、恐る恐るという様子で訊ねる。

こういう姿は、出会った頃から変わらない。

彼は常に、自己肯定感が低い人間で、いつも不安そうにしていたのだ。

「面白いと思います」

実のところ二季草の話した構想はとてもぼんやりしたもので、それが面白いかどうかは分からなかった。

しかし、彼は昔からしっかりと筋書きを立てて書けるタイプではない。まるで即興でピアノを弾くように鍵盤に触れることで、旋律が生まれる、芸術家タイプだ。

さらに、締め切りなど設けても設けなくても、書ける時は書けるし、書けない時は書けない、そんな作家でもあった。

「焦らなくて良いので、ゆっくり書いてみてください」

二季草はホッと息をついて、酒を口に運んだ。いつの間にかモヒートから、ドライマティーニに変わっており、さらにお代わりまでしている。

二季草はお酒を好み、ＢＡＲにもよく行くが、強い方ではない。マティーニのアルコール度数は高い。

そんなに飲んで大丈夫だろうか……、と心配になったが、思えば、彼が宿泊しているのは、このホテルである。

なんとでもなるだろう、と草刈はウイスキーを口に運んだ。

「……実は正直、書くのが怖いんだけどね」

二季草はもうほろ酔い状態なのだろう。舌ったらずな口調でそう言った。

どうやら、この弱音を吐くために、酒を呷《あお》っていたようだ。

相変わらず、二季草は繊細な人物である。

そんな彼を横目に見ながら、心のどこかで安堵もしていた。

「久々の執筆だからでしょうか?」

二季草はかくんと首を落とすように、うん、とうなずく。

「それもあるし……」

そこまで言って、彼は口を閉ざした。

「二季草さん?」

と、横を向くと二季草はカウンターに突っ伏していた。

3

眠りこけている二季草を前に、あぁ、と草刈は額に手を当てる。

やはり、マティーニのお代わりは止めるべきだったか。

お会計をして、彼を部屋に運ばなくては……。

そう思い、立ち上がろうとした時、

「大丈夫ですよ。少し休ませてあげてください」

前から声がして、草刈は顔を上げた。

カウンターの中に、金髪の白人女性が微笑んでいる。髪を後ろで綺麗に纏め、黒いベストに黒いパンツ姿だった。

胸には『Ｖｅｎｕｓ《ヴィーナス》』という金色のネームバッジがついている。

ヴィーナスというのが彼女の名前のようだ。名は体を表わすとはこのことで、まさに女神のようだ。が、この店にこんなに美しいバーテンダーがいただろうか？

目だけで店内を見回すと、三毛猫の着ぐるみがトレイを持って歩いており、草刈は微かにのけ反った。

しかし店内の客たちは、着ぐるみの猫に驚いた様子もない。

このホテルのマスコットなのだろうか？

草刈が目を瞬かせていると、同世代と思われる男性が顔を出した。

「お代わりはいかがですか？」

黒髪に黒いスーツ、堅い表情と、バーテンダーというよりも、ホテルの支配人のような雰囲気だ。彼の胸には、『Ｓａｔｕｒｎｕｓ《サートゥルヌス》』という銅色のネームバッジがついていた。

彼は、サートゥルヌスというようだ。

もしかしたら、ここはそういう趣向の店なのかもしれない。

グラスに目を落とすと、ほぼ空になっていた。

「いえ、自分はもうお酒は……アイスコーヒーをお願いできますか？」

そう言うとサートゥルヌスは一瞬動きを止めて、首を伸ばす。

どうやら、着ぐるみの猫の方を見ているようだ。

サートゥルヌスと目が合うと、猫の着ぐるみがやってきて一礼をした。

「はじめまして、わたしは当店のマスターです。今宵は、水出しのコーヒーもおすすめですよ。いかがでしょう？」

ではそれで、と言うと、猫のマスターは、かしこまりました、とカウンターの裏に入っていく。

「綺麗な月夜ですね」

ヴィーナスの言葉に、草刈は窓の外に目を向けたが、月は見えなかった。

「月はどこに……？」

探して訊ねると、ヴィーナスは口に手を当てる。

「ごめんなさい、今宵は新月で、あなたたちには分からないですよね」

あなたたちって、と草刈は小さく笑う。

「では、あなたには見えるんですか？」

見えませんが、そのエネルギーを感じることができます。見えない月の力は、星々に反射してさらに輝くんですよ、とヴィーナスは言って、窓の外に目を向けた。

「新月の夜の星たちは、まるで宝石をちりばめたように綺麗なんです」

「でもそれじゃあ、『綺麗な月夜』とは言えないのでは」

「あら、新月の力で星がより輝いているのですから、『綺麗な月夜』と言っても良いでしょう？」

素面《しらふ》ならば、随分メルヘンな話だと一笑に付すところだろう。だが、今の自分はかなり酔いが回っているのか、その言葉を素直に聞けた。

「お待たせしました」

ドリンクを運んできたのは、紫の瞳が印象的な、黒髪を一つに纏めた女性だった。

彼女の胸には、『Ｌｕｎａ《ルナ》』という銀色のネームバッジがついている。

草刈の前に、アイスコーヒーが入ったコリンズグラスを置く。

「『深海の水出しコーヒー』です。海の奥深く、深海の真水で抽出しました。深い味わいをお楽しみください」

深海に真水があるわけないだろう、と思いながらも、ロマンのある言い回しは嫌いではない。

アイスコーヒーを見ると、本当に深海を思わせる藍色をしていた。

どうやら、この店は、そういうコンセプトで営業しているようだ。

ストローで、アイスコーヒーを一口飲み、草刈は思わず口に手を当てた。

「どうですか？」

と、ヴィーナスが目をキラキラさせながら訊ねる。

「……美味しいです、すごく」

間違いなく美味しい。

だが、それ以上に、この鳥肌が立つような感覚はなんだろう？

コーヒーのほろ苦さと共に、自分の奥深くに沈殿していた澱《おり》のようなものが湧き上がる気がするのだ。

ええ、とルナが平静な表情でうなずく。

「『深海の水出しコーヒー』は、あなたの奥深くにある思いを抽出してくれるんです」

まるで、心を読んだかのように言う彼女に、ひやりと背筋が寒くなった。

ルナは、窓の外に目を向けた。

「今宵は新月。満月が『実り』なら、新月は『種まき』。始まりを意味するんです。そんな夜に、あなたは、あなたの人生にとって大切な人と再会した。一度、自分の心と向き合ってください」

そう言うと、ルナは草刈の方を向き、しっかりと目を合わせる。

その視線から逃れるように、草刈が目を伏せると背後からピアノの音が聞こえてきた。

そっと後ろを振り返ると、誰かが店内のグランドピアノを弾いていた。

曲はたしか――トロイメライだ。

再び前を向いて、グラスに目を落とす。

深海のようなコーヒーの中に、幼い頃の娘の姿が浮かんだ。

家族がすれ違うようになったのは、いつからだろう？

自分は、二季草渉という金の卵と出会い、今度は遊馬のように手放したくないと懸命になった。

仕事に傾倒していくうちに、家庭が蔑《ないがし》ろになっていった。

妻は、大学を卒業すると同時に、自分と結婚し、家庭に入ったため社会人経験がない。

そんな彼女を自分は、護らなければ、と思う反面、見下してもいたのだ。

自分が育った家は、貧しくはないが、余裕があったわけではない。

小中高と共に公立で、大学だけは国公立がすべて落ちてしまったため、やむなく私学への進学を許されたが、学費は自分で稼がなければならなかった。

周囲の学生たちは皆豊かで、サークル活動に海外旅行と、と遊び惚けていた。

そんな中、学費を稼ぐために、アルバイトをしている自分が情けなかった。

小学校や中学から、エスカレーター式に大学まで進む人たちをどれほど羨んだだろう。

娘にはそんな思いをさせたくないと、自分は娘の中学受験に懸命になった。

いや、懸命になったのは、妻への圧力のみだ。

いたという。

『ちゃんと勉強させてる？』という言葉が、挨拶のようになっていた。

問題なのは、娘が勉強に関心がなかったこと。いつも勉強しているふりをして、部屋に籠り、テレビを観たり、漫画を読んだりして

当時は、中学受験は今ほど浸透しておらず、

『中学受験なんて嫌なんだけど』

と、常にぼやいていた。

自分はそんな娘を見るたびに苛立ったが、本人に対してはにこにこ笑うだけであり、怒りの鉾先《ほこさき》は妻へと向かった。

『家にいるのは君なんだから、よろしく頼むよ』

『成績上がっていないようだけど、ちゃんと見てもらわないと』

家に帰るのは、毎日夜遅くでありながら、口を開けば娘のためという大義名分の許、妻を責めていたのだから、家庭が壊れても無理はない。

ある日、家に帰ると部屋は真っ暗で、荒れ放題になっていた。

強盗でも入ったのか、と呆然としていたら、娘が帰ってきて、事情を話した。

小テストの結果で娘と口論となり、妻は『どうして、言う通りに勉強してくれないの？　あなたの成績さえ上がれば、うちは何もかもうまくいくのに！』と、叫び、そこ

ら辺にあるものを手当たり次第に投げつけて、家を飛び出したのだという。

娘は妻を捜して走り回り、そろそろ父が帰ってくる頃だ、と帰宅したのだ。

その夜、妻は戻らず、朝になってから家に帰ってきた。

失敗だったのは、妻を見るなり、『何を些細なことでヒステリーを起こしているんだ』と苛立ったように言ってしまったことだ。

それが、ギリギリの状態だった妻の心を折ってしまった。

『あなたの顔を見ると、また責め立てられる気がして、震えがくるの』

どうか離婚してください、と妻に土下座をされた。

しかし、自分は首を縦に振らなかった。

妻は、調停離婚などできるタイプではない。

結果として、離婚しないまま、妻は娘と共に実家に戻った。

いわゆる、別居状態だ。

結局娘は公立中学・高校に進み、自分の意志で大学へは進学せず、シェフになりたいと言って今はレストランでイキイキと働いている。

あの頃の自分はなぜ、娘の学歴にあんなにムキになっていたのか……。

娘には当たっていなかったため、さほど嫌われておらず、時々食事をしたりするのだが、その時にはどうしても目を合わすことができなかった。

どうして、目を合わせられないのか……。

そんな感じで家庭は散々だったが、仕事は絶好調だった。

二季草渉の本は売れ続け、映画やドラマと次々にメディアミックスされていく。

だから、自分は正しいと思っていた。

こんなに上手く行っている自分が間違っているわけがないと。

また並走している二季草も、どこかに仄暗《ほのぐら》いものを抱いており、それが、自分の心を安定させていた。

光があれば、闇がある。

すべてが上手く行くなんて、ありえないのだ、と……。

そんな風に思っていたのに、今度は二季草が『書けない』と言い出した。

これだけ書いてきたのだ、そういう時期もあるだろう、とタカをくっていたが、事態は深刻で、二季草のスランプは長く続いた。

ありがたいことに単行本の文庫化や、コミカライズのおかげで、二季草作品はまだまだ人気はあるが、新刊は長く出せずにいる。

二季草は抜け殻のようになり、褒めても、宥めても、励ましても、作品を書こうとしない。

それどころか、自分に黙って、故郷である四国に帰ってしまった。

またも、自分は失敗してしまったようだ。

怒りよりも、気が抜けた。

二季草も妻のように、自分ともう関わりたくないのかもしれない。

そう思い、新人の藤森を担当に付けたのだ。

そのため、二季草から電話が来た時、体が震えた。

しかし、こうして再会し、幸せそうな姿に、嫉妬をしたりもする。

自分は今も、家に帰っても一人なのだ……。

ねぇ、と声がして、顔を上げると、そこに娘が立っていた。

それは、今の娘ではなく、中学時代の娘だ。

何も言えずにいると、娘はまっすぐに視線を合わせた。

「お父さんはどうして、お母さんと離婚しないの？」

どうしてって、と自分は目を伏せる。

「それにどうして、いつもそんな風に目をそらすの？　私のことが嫌いだから？」

「嫌いなわけないだろう」

と、弾かれたように顔を上げる。

実のところ、自分でもどうしてなのか、分からなかった。

だが、今なら分かる。

責められているような気がするからだ。

娘が小さい頃から仕事を理由に父親らしいことをしてこなかったこと、自分のコンプレックスを娘に押し付けたこと、嫌なことを全部妻に押し付けて、娘の前で取り繕《つくろ》ったいい顔をし続けてきたこと。

自分が思う理想的な父親でいられないのが苦しくて、こんな自分を見られたくないと目をそらしてしまっていた。

「お母さんと離婚しないのは、結局世間体なんだよね？　お父さんはプライドが高いから、仕事は上手く行ってても家庭では駄目な奴だった、なんて思われたくないんだよね」

ぐっ、と言葉に詰まる。

たしかに、そう思っていた。だが、それはあくまで表面上だ。

本当は、そうではない。

「離婚しないのは、離婚したくないからだ。お父さんは……お母さんもおまえも失いたくない」

愛しているんだよ。

言葉にはできなかったが、奥底から込み上がるようにそう思った。

ようやく出てきた自分の本心に、思わず涙が滲む。

妻と出会って、ごく自然に結婚するならこんな人がいいと思った。

当たり前のように、共に人生を歩いて行けると思っていたのだ。

娘もそうだ。自分のように惨めな思いをさせたくないと必死になっていた。

結果的に、自分自身が護るべき家族につらい思いをさせている。

それが、ふがいなく、苦しい。

「ばか、そうなら、ちゃんと伝えてくれないと。私もお母さんもずっと世間体のためだって思っているんだから」

涙を堪えて顔を上げると、娘の姿はなくなっていた。

隣には二季草が今も眠っており、カウンターの中では、ルナとヴィーナスが会話をしている。

もう、ピアノの音はしていなかった。

どういうことだろう。やはり自分も随分酔っているのだろうか？

草刈が眉間をつまんでいると、

「どうぞ」

猫のマスターが、草刈の前にケーキを置いた。

「頼んでいませんが……」

サービスです、とマスターは細い目をさらに三日月の形に細める。

「『夜景のフルーツケーキ』です。星のようにキラキラ輝く都会の街をケーキにしました。甘さ控えめな夜のクリームで、フルーツのネオンを重ねております」

ケーキは全体的に炭のように黒く、断面にはイチゴや桃、キウイなどのフルーツが重なり、輝いている。

「綺麗ですね……横浜の夜にピッタリだ」

草刈がしみじみ洩らすと、マスターは、ふふっと笑った。

「そして、あなたにもピッタリでしょう？」

「そうですか……？」

「わたしは、星詠《ほしよ》みでもあるのですが」

と、マスターは前置きをし、太陽星座と月星座の説明を簡単にした。

「あなたの表看板である太陽星座は、山羊座。目標のために努力を惜しまない人です。あなたの内面である月星座は、蟹座。家庭に安らぎを覚える、とても愛情深い方です。社会で成功したいと突き進む山羊座と、家で愛する家族とゆっくり過ごしたい蟹座は、あまりに性質が違っているため、あなたの中で相反する感情の引っ張り合いが起こることが多いでしょう。葛藤も多かったのではないでしょうか」

光莉さんとはまた別の、正反対タイプね、とルナがつぶやく。

ヒカリとは誰のことだと気になったが、それよりもマスターに言われたことがそのものずばりであり、引き攣《つ》った笑みが浮かんだ。

「そうですね……自分にはそういうところがあるかもしれない……」

周囲の友達にどうしてそんなに早く結婚するんだ、と言われたが、自分はとにかく、早く家庭を持ちたかったのだ。

しかし、それ以上に、仕事で成功したかった。

そう思った時、ルナが肩をすくめた。

「月と太陽では、どうしたって太陽の方が強いから、太陽が求める思いに引っ張られてしまうのよね」

そっか、とヴィーナスが相槌をうつ。

「でも、そうなると、成功しても幸せじゃないって状態になるのね」

そういうことね、とルナは腕を組んだ。

「それじゃあ、自分のようなタイプは、どうしたらいいのでしょう？」

それはもちろん月を……とルナが話す横で、ヴィーナスが言った。

「もっと、欲張りになればいいんだと思いますよ」

「欲張り？」

はい、とヴィーナスは弾けるような笑顔を見せる。

「あなたは心のどこかで『仕事の成功』と『家庭の幸せ』、両方は手に入れられないと思っているでしょう？」

その通りだ。

人生そんなにうまくいくわけがないと思っている。

「たしかに、『地の時代』はそんな面が出やすかったの。なぜかというと、『地』は固定の性質を持つエネルギー。願ったことが叶うまでに時間がかかりすぎていたから、多くの人が『願いなんて叶うわけがない』『もし叶っても他のことは上手くいかないに決まっている』って思うようになってしまった。けれど、今は違う。『風の時代』になったの。もっと軽やかに自分の想いが現実に反映されやすくなっている」

地の時代、風の時代というのは、最近メディアでよく見かける。

去年、二〇二〇年に土星と木星が、風の性質を持つ水瓶座で重なったのを皮切りに、『風の時代』に突入したという話だ。

占星術に明るくないため、記事を読んだ時はよく分からずにいたが、たしかに、時代は変わったよな、などと思っていた。

だから、とヴィーナスは続けた。

「今の時代を生きる人たちは、『こうなりたい』というイメージを大切にしなきゃならないの。この世界を変えるのは、自分しかいないから」

それは少し大袈裟だ、と思わず苦笑すると、ルナが「あら」と口を開く。

「あなたは、この世界は誰が中心となって回っていると思うの？」

「誰が……って」

それはもちろん、一部の富裕層だろう。

ルナは、ふふっ、と微笑んで、自らの胸に掌を当てた。

「この世界はね、あなたが中心なのよ。あなただけではない。一人一人、自分が中心で世界は回っている。なぜなら、あなたの視点の世界は、全宇宙を探しても、たった一つしかない。あなたが消滅したなら、あなたの宇宙も消えてしまう」

そう言われてみれば、たしかにそうだ。

そうよ、とヴィーナスが前のめりになる。

「ずっと自分だけの宇宙だった。そして今は、願いが叶いやすいステージに切り替わったの。こうなったら、もう、『どっちも手に入れられるわけがない』というあなたの設定を解除して、新たな設定をするのよ。『家庭での幸せをつかんで、仕事も成功して、みんなで幸せになる』って、とびきり欲張りなのに決めればいい」

迷いもせずに言う彼女の眩しさに、草刈は思わず苦笑した。

「そんなことが可能なのかな」

もちろん可能よ、と答えたのは、ルナだった。

「ヴィーが言ったように、自分の宇宙は自分で設定するものだから。ほら、見て。このケーキは美しい上に美味しい。それは、そのようにマスターが作ったからなんです」

と、ルナは、『夜景のフルーツケーキ』に視線を落とす。

漆黒のクリームの中に、宝石のようなフルーツが瞬いていた。

草刈はケーキにフォークを差し込んで、一口食べた。

甘さとフルーツの絶妙な酸味を味わいながら、これまで嬉しかったこと、楽しかった時間が自分の中で、花火のように光り輝く。

「本当にそうかもしれないですね……」

こんな奇跡のようなケーキが存在するのだ。

家庭も仕事も充実させたいと、欲張ってもいいのかもしれない。

4

「――草刈さん」

と、誰かに体を揺すられて、草刈は肩をビクッと震わせた。

目を開けると、二季草渉が心配そうにこちらを見ている。

えっ、と草刈は困惑しながら、上体を起こす。

もう猫のマスターもルナもおらず、ヴィーナスの姿もない。

二季草は、良かった、と安堵の息をついた。

「トイレから戻ったら眠っちゃってるから驚いた。草刈さん、疲れているんですね」

「えっ、寝たのは、二季草さんですよね？　マティーニを何杯も飲んで……」

うん？　と二季草は小首を傾げる。

「飲んでいたけど、寝てないですよ」

草刈は釈然としないまま、そうですか、と首の後ろを撫でる。

「すみません。そんなに疲れてはいないと思っているんですけど……」

「そんなこと言って、今も忙しいんでしょう？」

「まぁ、それはそうですね」

部長さんですもんね、と二季草は相槌をうつ。

「草刈さんが、今注目している若手の作家はいるんですか？」

そう問われて草刈は、うーん、と唸って天井を見上げる。

「少し前にデビューして話題になった『一条《いちじょう》ほのか』でしょうか。作品を読んでいて惹き込まれるのを感じました」

二季草はその名を知らないようで、へぇ、と洩らす。

「春川出版さんから刊行しているんですか？」

「弊社《うち》からはまだですが、橋本が声を掛けたいと言ってきたので、了承したところです」

後輩の橋本静江のことは、二季草もよく知っている。彼女は単行本の文庫化を担当しており、二季草の作品にも関わっていた。

「草刈さん自身が担当したかったんじゃないですか？」

いえ、と草刈は首を横に振った。

「自分はもう昔からの馴染みの方を数人担当しているだけで、新たに担当は持たないようにしているんですよ。後は、後輩たちに任せていまして」

今や部長になった自分は、『編集者』としての仕事はほとんどしなくなっていた。

「すっかり、出世したんですね」

しみじみと語る二季草を横目に、そうですね……、と草刈は苦笑した。

思えば、自分も随分出世したものだ。

以前はこんな風に自らを顧《かえり》みた際、『それは家庭が上手く行ってなくても仕方ないな』などと自分を慰めていた。

しかし、もうそんな風に思うのはやめよう。

それとこれとは別の話で、自分は仕事にだけがんばってきて、家庭に関しては努力できていなかった。その結果が現われているだけの話だ。

それは決して忘れてはならない。

そして、これからは、想いはちゃんと口に出していくようにしよう。

「自分がもし、今後さらに出世したとしても二季草さんの作品は、いつまでも担当させてもらいたいと思っています」

そう言うと二季草は、ありがとう、とはにかんだ。

「実は、初めて打ち明けるけど、本当は三十年くらい物語を作っていないから」

「それは、どういうことでしょう?」

と、草刈は眉根を寄せる。

「デビューしてからずっと、僕は創作していなかったんだ」

それはゴーストライターが存在したということだろうか?

じわり、と草刈の額に嫌な汗が滲む。

二季草は慌てたように、誤解しないでね、と手をかざした。

「作品はすべて僕が書いたものだよ。ただし、昔の僕なんだ」

うん?　と草刈は訊き返す。

「僕は、中学生から大学時代まで、ずっと小説を書いていたんだ。それはもう何作も。家の棚には物語を書き綴ったノートが何冊も詰まっていてね。だけど、当時の僕の夢は作家じゃなくて、編集者になることだったんだ。だけど就活は全滅で……、仕方なく親のコネで証券会社に就職したんだよ」

でもねぇ、と二季草はマティーニのお代わりを頼み、こくりと口に運んだ。

「仕事が嫌でたまらなくてね。そんな時たまたま、昔自分が書いた小説を読んだら、『下手くそだけど面白いじゃないか。これをちゃんと直したらいけるんじゃないか』と思って、自分の作品をブラッシュアップして、公募に出したんだ」

「その作品が、あの受賞作ということですか……？」

そう、と二季草渉は自嘲気味に笑う。

「デビュー後も作品に困らなかったのは、ストックがいっぱいあったから。僕はそれを修正するだけで良かったんだ」

そうでしたか、と草刈は大きく納得した。

当時、どんどん原稿を提出する二季草に、天才とはこういうものなのか、と草刈は驚嘆していたのだが……。

「あなたの家には、保管されていた缶詰がたくさんあって、すぐに料理ができる状態だったということですね」

書けなくなったのは、そのストックがなくなったことが引き金だろう。

繊細な二季草のことだから、パニックになったに違いない。

まずは、安心してもらわなければならない。

「大丈夫ですよ。本当のストックは、あなたの家の棚ではなくて、あなたの中にあるのですから」

と、草刈は胸に手を当てる。

二季草はほんのり頬を赤らめて、うん、とうなずいた。

再び、店内にピアノの音が流れる。

先ほどと同じ曲だった。

「ああ、シューマンだね」

二季草はピアノを習っていたため、クラシックに詳しかった。

「良い曲ですよね」

本当に、と二季草はカウンターの上のCDを手に取った。

「このアルバムにも収録されているんだけど、この曲、なんていうか知ってる？」

いいえ、と草刈は首を横に振った。

「『子どもの情景』っていうんだ」

その言葉と同時に、娘の姿が鮮やかに浮かび上がった。

「そうでしたか……」

「あっ、そのCD貸すから、良かったら聴いてみて」

「いいんですか？　藤子さんのCDなんですよね？」

「許可はもらっているから、大丈夫」

CDの貸し借りなど、何十年ぶりだろう。

草刈は小さく笑って、CDを鞄の中にしまった。

「このCDを聴いて、がんばろうと思います」

「相変わらず、仕事人間ですね」

と、笑う二季草に、草刈は首を横に振った。

「仕事もそうですが、今はプライベートを……」

妻と娘の心を取り戻すには、仕事以上にがんばる必要があるだろう。

しっかり向き合い、謝ろう。

それが、最初の一歩。

「ありがたいことに、自分はがんばれる星の下に生まれたようなんですよ」

草刈はそう言って、グラスを手にする。

その時に初めて自分の前にあったのがウイスキーではなく、水出しのコーヒーだと気が付き、草刈は柔らかく目を細めた。

第三章

木星の円舞曲と桜のスムージー

二〇二二年　春

1

久方ぶりに二季草渉が新作を刊行するということで、編集部はおろか、社内全体が沸き立っている。

「いや、良かったね、草刈君」

これから会議という今も、局長がミーティングルームに顔を出して、草刈部長に声を掛けていた。

草刈は笑顔で接しているが、その内面は鬱陶《うっとう》しく思っているのではないか、などと訝ったが、草刈の表情を見ていると満更でもなさそうだ。

思えば、二季草渉と再会してから、約一年。

草刈の雰囲気が随分、変わった。

橋本静江は、対面に座る草刈をあらためて観察する。

以前の彼は常に笑顔ではあるが、どこか人を寄せ付けない壁のようなものを作っており、何を考えているのか分からない部分があった。

それが故に、『良い人なんだけど、腹の中は分からない』とこちらも警戒してしまっていた。

しかし、今は柔らかな空気を纏っており、以前はあった尖った部分がなくなっている。

それだけ、二季草渉の復活が喜ばしいのだろう。

それはそうだ。モンスター級の売上を叩き出す作家だ。

今回も、原稿の段階で映画化が決まるという離れ業をやってのけたくらいだ。

先日、その話を草刈から聞いた時は、耳を疑った。

「でも、まだ本も発売されていないですよね？」

と、訊ねてみると、草刈は、知り合いのプロデューサーに第一稿のゲラ（刷り出した原稿）を送ったところ、『これはいける』と乗り気になってくれたと話した。

さすが、最後のバブル世代。交流関係も華やかだろうし、付き合ってきた相手も今や、各業界で大御所ばかりなのだろう。

二季草渉の新作は、横浜が舞台だそうで、新刊＆映画化決定にともない、さまざまなキャンペーンをやっていこうという話になった。

これから、その打ち合わせを行うところだ。

よろしく頼むよ、と草刈に言われた時、静江はうなずきながらも、『そんなの自分たちで考えろよ』という気持ちが過ってしまった。

春川出版に就職して、十二年経つが、まだヒット作に恵まれていない。自分も草刈のように金の卵を見付けたいとがんばっているのだが、良い作品がヒットするかというと、そうはいかないのが、この業界の世知辛いところだ。

少し前に『この人は！』と思える作家をＷＥＢで見付け、デビューまでもっていくことができたのに一作目が売れず、二作目の刊行にまごついていたら、ライバル社である耕書《こうしょ》出版の編集者がかっさらっていってしまった。

いや、後悔先に立たずだ。その後、再びこの人だという作家に出会えたのだ。

今度こそはがんばりたい。

おこがましいが、草刈に追いつき、追い越したい。

橋本静江は、小さく息をついて草刈をじとっと見詰める。

視線に気付いた草刈は、ぱちりと目を瞬かせて、自分の頬に手を当てた。

「何かついているか？」

いえ、と静江は慌てて、首を横に振る。

「最近、部長、肌艶《はだつや》がいいなと思いまして」

そう言うと草刈は、弱ったように首の後ろを撫でる。

「もう俺も歳だし、家族が体のことを考えた食事を作ってくれていて……」

静江は少し驚きながら、そうですか、と笑みを返す。

草刈が結婚していて、もう成人した娘がいるというのは情報としては知っていたが、家族のことを聞くといつもそれとなく話をかわされてしまうので、プライベートな話はしたくないのだと感じていた。

本当に草刈は、変わったのかもしれない。

「ご家族はありがたいですよね。お体は大事にしてくださいね」

「ああ、橋本に言われると耳が痛いな」

耳が痛いと言ったのには、理由がある。

静江の父は、母が止めるのも聞かずに、毎晩のように大酒を飲むなどを続けた結果、不摂生が祟り、草刈の年齢の頃に他界しているのだ。

今、橋本家は、母と静江と十歳年下の妹の三人家族だ。

父が亡くなって三年の年月が経った今、女性ばかりの家族だと話すと、楽しそうですね、と言われることもあるが、特にそんなことはなく——。

「お待たせしました」

ミーティングルームに女性が入ってきたことで静江は我に返った。隣に座っている後輩の藤森光莉はすでに立ち上がって、名刺の用意をしている。

女性は広告代理店の人間だ。

静江も名刺を用意しながら彼女の顔を見て、あっ、と声を洩らした。

「中山さん……ですよね。制作会社の」

中山明里は、主にテレビ番組を作る制作会社のプロデューサーだったのだ。

担当作家がインタビュー番組に出演する際、挨拶をしたことがあった。

「そうです。去年の冬に広告代理店に転職したんですよ」

あらためて名刺を交換すると、『中山明里』という名の下に小さく『(現：長谷川)』と記されている。

「もしかして、ご結婚を？」

そうなんです、と明里ははにかんだ。

「それは、おめでとうございます」

「ありがとうございます。基本的に仕事上では中山のままなので、以前と同様に中山と呼んでいただけますと」

わかりました、と微笑みながら、静江の心にもやっとした黒い霧が広がった。

いいな、と思う心と、よく分からない焦りが、入り混じっている。

名刺交換が済むと、各々《おのおの》ノートパソコンを開いたり、パワーポイントの準備をしたりして、打ち合わせが始まった。

「二季草先生の新作発売の際に『映画化決定』と大きく広告を打ち出したいのと、作品の舞台である横浜で『聖地巡りスタンプラリー』ができたらと思っていまして」

　と、草刈が話す。

　この話は、事前に受け取った書類で既に把握していたようで、明里は、うんうん、と相槌をうっている。

「こちらの書類をいただいて、すぐに横浜市さんにアポを取り、打ち合わせをさせていただいたんですよ。ぜひにと仰《おっしゃ》ってくださいました」

　さすが元テレビ業界の人間。仕事が早い。

　静江が密かに感心していると、ただ、と明里は続ける。

「二季草先生のイベントともなると、たくさんの人が来られるでしょうし、スタンプの管理が大変になるのではと懸念しています」

　スタンプラリーのスタンプが盗難に遭うのも珍しくない。

「そこで、うちとしてはデジタルスタンプラリーが良いのではないかと考えました」

　明里は持参してきたノートパソコンのマウスをクリックし、壁際の大画面に画像を投影した。

「こちらは他の市町村のデジタルスタンプラリーの写真なのですが、ポイントの場所に二次元コードを提示しておいて、それをスマホで読み込むと、デジタルシート上にスタンプが貯まるという仕組みです」

「専用のアプリをダウンロードする必要があるのだろうか？」

「アプリを使用する形でもいいですし、そうじゃなくても可能ですね」

「それじゃあ、そうじゃないほうでお願いしたいな。アプリのダウンロードに抵抗がある人も一定数いるだろうし」

と、草刈は腕を組む。

「分かりました。そして、ポイントが貯まった際にどうしていくかですが、抽選で景品がもらえるほか、ポイントを貯めた全員にデジタル上で短編や裏話が読めるなどの特典があれば、ファンの方もやる気が出るのではないでしょうか」

そんな感じで、手際の良い明里のおかげで、アッという間に打ち合わせは終了した。

ミーティングルームを出た草刈は、編集部の皆にスタンプラリーが決定した、と報告している。

同僚たちは、楽しそうですね、と口々に言っていた。

編集部全体が、沸き立っている様子を見て、いいな、と静江は小さく息をついた。

作家が、他の作家に嫉妬するというのはよく聞く話だが、編集者も同じだ。

活躍している編集者が羨ましいし、悔しいとも思う。

十二年も編集者をやりながら、ヒット作を一度も出していない自分がふがいなくてならない。

2

「ただいまー」

自宅は、会社から小一時間の『一応都内』と言われる街にあるマンションの三階だ。

よくある、3LDKのファミリー向け間取りであり、リビング横の和室が母の部屋で、後の二部屋は、静江と妹がそれぞれ使っている。

リビングに入ると母がベランダに出て、洗濯物を取り込んでいた。

外はもう真っ暗で、洗濯物も冷えているだろう。

「ああ、お帰り、静江」

リビングを見ると、ソファにジャンパーが放り出されており、テーブルの上にはエコバッグが置きっぱなしになっている。

「もしかして、お母さんも今帰ってきたの？」

「そう。急に残業頼まれちゃって」

母は近所のスーパーで、パートとして働いている。

父が亡くなって、マンションの支払いは保険のおかげで心配なくなったのだが、保険金がたんまり入ったというわけではない。

働けるうちは、働いていかないと、と常に言っていた。

「姫香《ひめか》は？」

「部屋にいると思うよ」

「姫香にやらせればいいのに」

そう言うと母は、困った顔をした。

姫香は妹の名だ。十歳年下で大学卒業後、一度就職したのだが、職場でつらい思いをしたそうで仕事を辞めて、今はのんびり就職活動をしている。

昼夜が逆転しているようで、夜遅くまで部屋でごそごそしていたり、朝を通り越して夕方まで寝ていることすらあった。

母は洗濯物を手に、よいしょ、とリビングに入って、ソファの上に置いた。

「今からご飯作るね」

母は炊飯ジャーを見て、ああっ、と口に手を当てる。

「お米セットしておくの忘れてた」

「それじゃあ、今日は私がパスタ作るから、お母さんは休んでいて」

「そう？　ありがとね」

静江はキッチンに立って、腕まくりをし、手を洗う。

家にいるなら、姫香がやってくれればいいのに。

イライラしているのも手伝って、いつもより念入りに洗ってしまい乾燥した手がヒリヒリ痛む。

母も死んだ父も、姫香には甘かった。

静江は約十年間、一人っ子だったが、一人だからこそ、わがままにさせては駄目だという気負いがあったようで、いちいち厳しくされた記憶がある。

なかなか二人目に恵まれず、諦めきった頃に授かった第二子ということで、父も母も目に見えて分かるくらいにメロメロだった。

第一名前にしてもそうだ。どちらも父が名付けたのだが、長女はしとやかに育ってほしいと『静江』で、次女がいきなり、『姫香』である。理由は、『わが家にお姫様が来たと思ったから』だという。

妹の容姿が特別秀でていたというわけではない。静江も姫香もよく似た姉妹であり、はっきり言って姫とは程遠い顔立ちだ。

単に、歳を取ってから誕生した末っ子が可愛くてならず、孫状態だったのだろう。

静江にしても十歳も年下の妹は、張り合える相手でもなかったし、子どもの頃は純粋に可愛く思っていた。

妹はちょっときつく言われると、すぐに凹《へこ》んでしまう。

言い返したり、反発したりはせずに、表情を暗くして、黙り込んでしまうのだ。

これは意に染まない時もそうであり、父と母は親でありながら、とにかく姫香に気を遣っていた。

実のところ静江もそうだ。

用事を頼もうと思っても、姫香の機嫌の悪そうな顔を見るくらいなら、自分でやってしまおうという気持ちになる。

お嬢様が多い女子校、女子大と進学していったのも、今にして思えば良くなかったのかもしれない。一般家庭出でありながら、温室の花のように育ってしまったのだ。

パスタの準備をしていると、姫香が部屋から出てきたのが分かった。

髪はボサボサのパジャマ姿であり、一日中寝ていたのかよ、とさらに苛立ちが募る。

おはよう、と嫌味を言いかけて、静江はそれを呑み込んだ。

「フォークとか出しておいて」

このくらいの言いつけは、機嫌を損ねることなくやってくれる。

姫香は、うん、とうなずいてからリビングの方を見て、ハッと目を見開いた。

「お母さん⁉」

滅多に大きな声を出さない妹のただならぬ様子に、静江は弾かれたように振り返る。

母が、床に倒れ込んでいた。

「お母さん、大丈夫？」

すぐにガスの火を止めて、母の許に駆けつける。

母は顔を歪ませながら、体を丸めていた。

額には汗が滲んでいる。

「今から病院に行ってくるから、姫香はタクシーを呼んで」

「あっ、はい」

姫香は慌ててスマホを手にする。

「お母さん、大丈夫？　保険証はどこ？」

「……財布の中」

母は額に手を当てながら、力なく言う。

「お姉ちゃん、タクシー、すぐ来るって」

「それじゃあ、姫香は、戻ったらすぐ横になれるようお母さんの布団を敷いておいて」

「分かった」

という妹の声を背中に聞きながら、静江は母を支え、家を出た。

3

翌日。
いつも通り出社した静江は、デスクの上で、はぁ、と息をつく。
「橋本さん、お疲れですか？」
隣に座る光莉が心配そうに顔を覗く。
ちょっと、と静江は苦笑する。
昨夜、母を病院に連れて行った結果、盲腸だったことが分かった。
すぐに腹腔鏡手術となり、約一週間の入院が決まったのだ。
重い病気じゃなくて良かった、と静江は安堵し、妹に報告してから帰宅したのだが、
リビングダイニングを見て、動きが止まった。
たしかに妹は頼んだ通り、母のために布団を敷いていた。が、入院が決まってそれは
不要になったと連絡したにもかかわらず、敷きっぱなしのままだ。
洗濯物はソファの上に散らばったまま、キッチンには妹が使った食器が洗っていない
状態で放置されたままであった。
『お姉ちゃん、お母さんはいつまで入院するの？』

と、やってきた妹に対して、

『ちょっと、姫香、なにこれ？』

静江は金切り声を上げた。

何って……と、戸惑う妹を前に、静江はこれまでの鬱憤《うっぷん》が爆発する気がした。

『私たちが病院に行っている間、洗濯物を畳んでおいてくれても良くない？　それに、どうして食べ終わった食器を洗わずに放置してるの？』

妹は顔を赤くさせて、目に涙を浮かべて黙り込んだ。

いつもこの姿を見ると尻込みしてしまうが、今日ばかりは言わせてもらおう。

妹は押し黙っていたかと思うと、ぽつりと口を開く。

『……洗濯物は、お母さんが心配で何も手につかなくて、お姉ちゃんから「大丈夫」って連絡がきて、ようやくホッとしたらお腹が空いて、パスタの用意がしてあったの見たら食べたくなって、食べたの。汚れた皿は少しの間、水につけておこうと思っただけで……』

『どうせ、私が帰ってきたら、自分の分も洗ってもらおうと思っていたんでしょう？　大体、私の分も作っておくとかって、心遣いがあっても良くない？』

『……お姉ちゃんが何時に戻るか分からないし、病院の帰りに何か買って帰ってくるかもって』

『一言聞いてくれればいいじゃん。これからパスタ茹《ゆ》でるけど、お姉ちゃんの分も作っておく？　って。そしたら、返事するじゃん』

そんなの……、と妹はうつむいた。

静江は勢いが止まらないまま、それに、と口を開く。

『今日に始まったことじゃなくてさ、あんた今ニート状態なのに、どうして家のこともせずに寝てばかりなわけ？　就職活動だってしているんだかしていないんだか分からないけど、夜遅くまで起きてて、朝は昼過ぎまで寝て、そんな姿を見てると、社会復帰する気があるように思えない。だらけているようにしか見えないんだけど』

畳みかけるように言うと、妹は下唇を噛んだ。

『うちはもう、お母さんしかいなくて、二人で支えていかなきゃいけないくらいなんだよ？　そういうの、ちゃんと分かってる？』

そこまで言うと、妹は弾かれたように顔を上げた。

『分かってるよ、そんなこと。家のことだって、やらなきゃって気持ちだけはあるんだけど、これまでずっと何もやってこなかったから、どうしていいか分からないし、お母さんもお姉ちゃんも、何も頼んでこないから、期待されていないんだなって思ってた。それなのに、いきなりそんな風に言うのは陰湿《いんしつ》じゃない？』

『はあ？　陰湿ってなに？　陰湿なのはあんたでしょう？　そんなこと言って、頼んだら嫌な顔してたじゃん』
『別にどんな顔したっていいじゃない、家族なんだから。言われたらやるんだし』
『ってか、嫌な顔すんな。そもそも言われなくてもやれよ！』
『だから、今までやらなくていいって空気の中で育ったから、そんなに簡単に動けないの！　私だって焦ったり、申し訳ないって思ってる。生きてていいのかなって、毎日、思ってるよ！』

——そう言って、妹は部屋に引っ込んだのだ。

思えば、妹とまともにぶつかりあったのは初めてだ。

今日は本当は休みたいくらい、心身共に疲労困憊していたが、家にいたくなかったし、作家との打ち合わせも入っていた。

しばし、デスクで仕事をしていた静江だったが、どうにも捗《はかど》らず、パソコンの電源を落とした。

待ち合わせの時間には早いけど、出ることにしよう。

静江は書類を整えてバッグの中に入れ、立ち上がり、草刈のデスクに向かう。

「部長、これから、一条ほのか先生と打ち合わせに行ってきます」

一条ほのかは、三年前に他社でデビューし、これまで五作刊行している作家だ。

ぜひうちでも書いてほしい、とメールを送ったところ、とりあえずお会いしましょう、と返事がきて、約束の日を迎えた。

パソコンと向き合っていた草刈は、ああ、と顔を上げた。

「君が声を掛けたと言っていたから、あらためて一条ほのかさんの作品を読んでみたよ。一条さん、最初の三作が抜群に良かったんだけど、四作目と五作目が崩れているみたいなのが気になった。もしかしたら自信をなくしているところかもしれないな」

みなまで言ってはいないが、そのあたりのことに気を付けて、と草刈は釘を刺していた。

「分かりました」

こめかみが、引きつってはいないだろうか。

静江は、一条ほのかの作品をデビュー後の三作しか読んでいなかった。

もちろん、これから読むつもりでいたのだが、上司の草刈が、部下が声を掛けたと聞いただけで、全作読んでいることを知り、居たたまれなさを感じる。

同時に、編集者としての格の違いを見せつけられたようで、胸の内が焦げた。

あと、と草刈は続ける。

「最近、藤森ががんばりすぎていて心配だから、隣の席の君からそれとなくフォローしてやってほしい。俺が言っても、『無理してません』の一点張りで」

あまりに普通の音量でそう言ったので、静江はぎょっとして光莉のデスクを振り返る。

光莉はいつの間にか席を外していた。

はい、と答えて、静江は編集部を後にし、エレベータに乗り込んだ。

藤森光莉ががんばりすぎている理由は、二つ考えられる。

一つは彼女もこの春で、入社して一年だ。サブとはいえ担当している作家が二季草渉なのだから、それは張り切るだろう。

もう一つは、彼女が藤森グループの娘だということだ。事実は分からないが、コネ入社ではないかと囁かれているし、静江もそう思っている。

彼女の父親からのお達しがあったにしろなかったにしろ、藤森グループの娘を落とせるわけがない。

静江には、光莉の気持ちが理解できるような気がした。

それは、静江が同じ立場だから……というわけではなく、その逆だ。

静江は、縁故雇用で入社してきた同僚を冷ややかな目で見てきたからである。

縁故で入社してくる者のタイプはそれぞれで、コネだからこそ舐《な》められたくないし、認められたいと懸命になる者もいれば、適当に仕事をして早々に辞めてしまう者もいる。

光莉はきっと前者タイプで、認められたいと一生懸命になっているのだろう。

大富豪の娘でありながら気取ったところはないし、私学ではなく、国立大を卒業している。

そのことから、父親の庇護下にはいまいという矜持《きょうじ》が感じられた。

春川出版に入社したのも、心から編集者になりたかったからに違いない。

光莉は、努力してきたのだろう。

そんなふうに光莉を認める一方で、『とはいえ、恵まれているよね』と思う気持ちもあった。

自分も努力して国立女子大を卒業して、憧れだった出版社に入社したのだ。

出版社は五社受けて、唯一受かったのが、春川出版だった。

面接の際、人事部長に、

『毎日の生活の中で、もっとも大切だと思うことは何ですか？』

という想定外の質問をされ、咄嗟《とっさ》の静江の回答が良かったのだという。

つまり自分は、たまたまの幸運で入社できただけ。

本当に世の中は、なんて理不尽なことだらけなんだろう。

同じ家に生まれても妹のように優遇されて育つ人間もいるのだから、社会は不公平ばかりだ。

『いいな』、『羨ましい』と思っているうちは、まだいい。『ずるい』、『どうしてあの人ばかり』と思い始めると、負のループに引きずり込まれてしまう。

チンッ、と扉が開く音で、静江は我に返った。

ちょうど、藤森光莉が一階ロビーのセキュリティーゲートをくぐってきたところだった。

互いに顔を合わせて、あっ、と目を見開く。

「橋本さん、お疲れ様です」

光莉は本が山ほど入った紙袋を抱えるように持ったまま、会釈する。

「お疲れ様。何それ、図書館の本？」

「そうなんです。二季草先生の作品に役立ちそうな資料を集めてきまして」

必要な部分をピックアップして、情報をまとめておくのだという。

編集者のやり方は人それぞれで、今の光莉みたいに秘書のように手足となって動く者もいれば、打ち合わせ後は、あとは作家を信じて任せるという者もいる。

おそらく、後者がほとんどだろう。

「資料って言っても、第一稿は書き上がっているんだよね？」

もう必要ないのではないか、という気持ちで問うと、光莉は嬉しそうに答える。

「二季草先生、今回の作品の続編も考えておられるそうで」

それは、編集部も沸き立つわけだ。

「資料は、二季草先生に頼まれたの？」

「いいえ、何かお役に立てたらと思って纏めておこうと思いました」

頼まれてもいないのに、資料を集めていたというのも善し悪しだ。

あまり熱心に送りつけても、圧力を感じる可能性がある。

そんな静江の心を察したのか、光莉は慌てたように言う。

「これは、何か聞かれた時に出せるようにしているだけで、送る時は部長の確認を取ろうと思っています」

そう言って微笑んだ光莉の目の下にはクマができていた。

これは、たしかに草刈の言う通りかもしれない。

「藤森さん、ちょっとがんばりすぎているみたいだし、もう少しマイペースに自分の仕事をしてもいいと思うよ」

でも、と光莉は目を伏せた。

「まだ担当作家も少ないですし、今は原稿待ちばかりで時間があって」

なるほど、と静江は相槌をうつ。

「今から私、新しくお仕事をしたい作家と打ち合わせなんだけど、良かったら一緒に行かない？」

光莉は一瞬パッと顔を明るくさせたが、すぐに思い出したように肩をすくめた。

「新しく出会う作家さんとどういう風に打ち合わせをするのか勉強させてもらいたいんですが、今日はこれからオンラインで会議がありまして……。またの機会に、ぜひ同行させてください」

「それじゃあ、次回にでも。あんまり無理しすぎないようにね」

はい、と光莉は一礼をし、紙袋を持ち直してエレベータに入っていった。

4

一条ほのかが指定した打ち合わせ場所は、井の頭公園近くのカフェだ。

このカフェは、彼女のお気に入りで、住まいもこの辺りだという。

ゆったりとしたソファに、天井からは小振りのシャンデリアが下がっている。

待ち合わせ時間よりも早くに約束のカフェについた静江は、目印である一条ほのかの単行本をテーブルに置き、深呼吸をする。

初めての作家との打ち合わせは、毎度それなりに緊張する。

作品を読みながら、どんな人なのだろうか、といつも想像するのだが、静江の場合は、大体が想像通りだったということが多い。

『一条ほのか』は、女性ということ以外は経歴も年齢も知られていない。

軽快な台詞のテンポと次々に広がっていく展開に、丁寧で緻密な描写が見事に嚙み合った、読ませる作家だ。

作品を読む限り、一条ほのかは、二季草のように感覚で小説を書くタイプではなく、計算し尽くして書く人のようだ。

地の文には、古典へのリスペクトもあるし、かなりの読書家なのかもしれない。

となれば、知的な雰囲気だろうか。

あれこれと思いを巡らせながら、『四作目と五作目が崩れている』という草刈の言葉を思い出し、静江はスマホを取り出した。

一条ほのかの四作目の本の電子版を購入し、スマホで読んでいく。

一ページ目を読んで、自分の顔が自然と険しくなるのが分かった。

「いや、これはたしかに……」

クオリティが落ちたどころではない。

まるで別人が書いたようだ。

読み進めながら戸惑っていると、

「あっ、橋本さんですか？」

頭上から声がして、静江はハッとして顔を上げた。

そこには、長い真っ直ぐな髪を根元から毛先までピンク色に染めた、二十代と覚しき女性が八重歯を見せて笑っていた。

白いシャツに黒いネクタイ、黒のホットパンツを穿き、流行りのメイクをしている。

これは、予想外。

静江は戸惑いながら、立ち上がって名刺を出す。

「はじめまして、春川出版の橋本です」

「どうも。すみません、うち、名刺作ってなくて」

一通りの挨拶をして、静江と一条ほのかは、着席した。

静江はコーヒーを、一条ほのかはアイスココアをオーダーし、それが届く頃、静江は本題に入ろうと、居住まいを正す。

「一条さんの作品、拝読しました。本当に面白かったです」

どうも、と彼女ははにかむ。

「それで、ぜひ、弊社からも作品をと思いまして」

そう言うと、一条ほのかは弱ったように肩をすくめた。

「いや、もう、うち、小説を書くつもりはないんですよ」

えっ、と静江は訊き返す。

「ほら、うち、最初の三作のクオリティが高くて、四冊目からはガタ落ちじゃないですか」

草刈も同じことを言っていたが、まさか当人にその自覚があったとは……。

静江は返す言葉に困って、曖昧に相槌を返す。

一条ほのかはスマホをタップし、

「レビューとかも散々だし。ウケる」

と、軽く言っていたが、その表情は明るくはない。

「もう小説には見切りをつけようと思っているんですよ。それで、今は文芸の編集者とは会わないようにしているんです……。でも、橋本さんから連絡が来た時は、ちょっと運命を感じてお会いすることにしました。お願いがあったんですよね」

駄目元なんですけど、とほのかは苦笑いを浮かべた。

彼女の言葉の意図がつかみきれず、静江は訊き返す。

「それは、作家を引退するということでしょうか？」

「作家を引退するというより、『小説家』はもう無理かなって。これからは、漫画原作とかをやりたいと思っているんです。で、その時はペンネームも本名の『一条木乃美《このみ》』に変えて活動したいんですよね」

春川出版へのお願いというのは、おそらく漫画原作の仕事をつないでほしいということだろう。たしかに、うちの会社のコミック部門は盛り上がっている。

話を通すことはできなくはない。

しかし、あれほどの輝きを放つ作品を書いた一条ほのかが、このまま引退してしまうのは、あまりにも惜しい。

それは、編集者としても、彼女の作品に魅せられた読者としてもだ。

「一条さん、私はデビュー後の三作品を読んで、『こんな素敵な作品を書く人と一緒に本を作りたい』と強く思い、その勢いでご連絡してしまいました。正直に言いますと、四作目は途中までで、五作目はまだ読めていないんですが……」

「橋本さん、ほんとに正直」

ふふっと笑う彼女に、すみません、と静江は会釈する。

「ですので、作品がどのように変化したのかしっかり把握できておらず申し訳ないのですが、たしかに四作目は最初の三作の良さが出ていないと感じました。一条さんのお話の運び方、台詞のやり取り、美しい地の文が私は大好きです。もし、スランプになってしまったのでしたら、私にできることがあれば、お力になりたいと思います」

自分でも戸惑うほど本音が口から出た。

だからこそ、彼女の胸に届いたのかもしれない。

一条ほのかは瞳を揺らし、弱ったように頭を掻《か》いて、口を開いた。

「いや、実はスランプというわけじゃないんですよね」

「スランプではない……？」

どういうことだろう？

静江が眉根を寄せた時、一条ほのかはまるで試すような視線を向けてきた。

「橋本さん、『運命の人』って信じますか？」

思いもしない問いかけに、静江はぽかんと口を開ける。

その後に質問の意図がじわりと浸透してくる。

彼女は、『運命の人』に出会ってしまったことで、小説を書けなくなった——ということなのだろうか？

「……どうでしょう。残念ながら、自分はまだ出会っていないので、独身のままで」

そう言うと、一条ほのかは小さく笑う。

「運命の人って、カレシとか結婚相手ってことじゃないです。ううん、もしかしたら、そうかもしれないですけど、人生を変えてくれた人が、うちは『運命の人』だと思っているんです。そして、うちは、巡り合えたんです。そんな運命の人に」

それは、『一条ほのか』になる前、『一条木乃美』の時の出来事だという。

「話を聞いてもらえますか？」

そう問う彼女に、静江は力強く首を縦に振った。

5

一条木乃美は、子どもの頃から漫画を読むのが好きで、アニメや映画を観るのが好きだった。

家が、自分の好きなことを自由にやらせてくれる方針だったため、木乃美は、物心ついた時から、興味を持ったことにどんどんチャレンジした。絵を描き、歌をうたい、ダンスを習った。しかし、どれも、そこそこできるようになるのだが、途中で飽きてしまう。

そんな自分が飽きずにしていたのは、空想に耽ることだ。

小学校の頃、学校の先生に怒られている時に、天井からスパイダーマンがするすると降りてきて、先生の後ろでクネクネ踊るという妄想をし、噴き出してしまい、さらに怒られたことがあった。

中学生になり、突然クラスの女子たちに無視された時には、無視した女子が教室に閉じ込められ、最強の変顔をしないと教室から出られないという『デスゲーム』ならぬ、『ブスゲーム』が繰り広げられる妄想をしてやり過ごしているうちに、いつの間にか無視タイムが終わっていたということもあった。

人が生きている以上、嬉しいこともつらいことも起こる。

だけど、すべてがネタに、『面白いこと』になればいい。

自分の妄想をかたちにしたい。

ごく自然に漫画家になりたい、と思うようになった。

高校生になり、漫研に入部して漫画を描くようになったのだけど、ここでまた自分は飽きてしまう。

頭の中で話はどんどん浮かぶのに、それに画力が追い付かないのだ。

『それじゃあ、漫画原作者を目指せば？』

先輩からそんなアドバイスをもらって、それもいいかもな、なんて思っているうちに、高校を卒業し、大学生になった。

その間、もちろん、それなりに勉強はがんばったし、恋愛も失恋もしている。

それらがすべて、物語の種になっていくのを自分でも感じていた。皆が就職を意識し始める頃、本格的に漫画原作者の道を歩みたいと思うようになった。

漫画原作賞を探したところ、ちょうど少年雑誌が募集しており、すぐさま作品を作って応募した。結果は惨敗で、一次も通らなかった。

本気で漫画原作者を目指すならば、ちゃんとしたシナリオ教室に通った方がいいのかもしれない。

そんな風に思い始めていた頃。

たまたま、家の近くで著名な作家が小説のワークショップを開催するという知らせを目にし、漫画原作を書く上で役に立つかもしれない、と参加した。

それは三か月間で短編を書くというワークショップだった。

最初に、自分が小説家デビューすることを想定して、ペンネームを考えましょう、と講師である男性作家は言った。

『筆名はずっと使われるものです。僕としては、苗字と名前がしっかりあるものをおすすめしています。下の名前だけだったら、ネットで検索してもなかなか辿り着けませんので。本名でも構いませんが、表に出ていく以上、叩かれることもあります。僕の場合、本名を叩かれるのは、忍びないと思い、筆名を作りました』

皆は、興味深く聞きながら、自分のペンネームを考えていた。

しかし、木乃美は迷わず、本名の『一条木乃美』のままでいくことにした。

苗字も下の名前も、自分はとても気に入っているからだ。

筆名が決まった後は、小説における基本的な執筆のルールを学んだ。

たとえば、「！」という感嘆符と「？」などの疑問符の後には、一文字分のスペースを空ける。

また、「――」「……」という記号や三点リーダーは、必ず偶数で使用する。

鍵括弧は字下げをせず、括弧内の最後には、句点「。」をつけない。

その説明を聞き、木乃美は立ち上がって挙手をした。

「学校の作文では、台詞の最後にマルをつけるよう教わりました」

「そうですね。小説の場合は、印刷の関係で最後の句点と鍵括弧だけが次行の天辺にいくことがあるんです。そうなるのを避けるために、句点を省略するんですよ。作文の書き方と、小説の書き方のルールは少し違っているということです」

講師の説明に、木乃美は納得して、着席した。

そこから、プロットと呼ばれる作品の設計図の作り方を学び、執筆に入っていく。

参加者は五人ほどで、教室はそれなりに楽しく、アッという間の三か月間だった。

しかし、終わりがあまり良くなかった。

書き上げた短編を、五人全員で読み、匿名で評価することになったのだ。

匿名ということで遠慮がなかったのだろう、木乃美の作品の評価は辛辣《しんらつ》だった。

『そもそも、これは小説じゃないから、評価に値しない』

『小説のワークショップですよ』

『三か月間、何を学んだのですか』

そんな声がほとんどだ。

それはまったくもってその通りで、木乃美は小説ではなく、登場人物名の下に台詞を書くという、脚本形式で物語を綴ったのだ。

小説のワークショップなのだから、小説を書かなければいけないとは思ったのだが、そうなるとどうしても筆が進まず、自分の書きたいように書いてしまったのである。

しかし、一人だけは、木乃美の作品を褒めてくれた。

『台詞のセンスが抜群で、ストーリー運びが面白い。ぜひ、このドラマの続きを読んでみたいと思いました』

評価は匿名で良いのだが、その人は名前を書いていた。

月島《つきしま》ほのか。

小説家志望だという彼女は、自分よりも一つ年上の大学三年生だった。

「いや、マジで嬉しかったです。ありがとうございました」

ワークショップが終わり、木乃美はすぐに月島ほのかに声をかけた。

帰りに立ち寄ったカフェで、作品を褒めてくれたことに対して礼を言うと、ほのかは笑って首を横に振る。

「思ったことを書いただけだから」

「いやいや、他の三人が冷たすぎたから、ほのかさんの評価、めちゃ沁みました」

あざます、と木乃美は頭を下げて、まぁ、と息を吐き出す。

「小説のワークショップなのに、脚本形式で書いたうちが悪いんですけど」

そう言うと、ほのかは苦笑した。

「でも、一条さんは最初から、『漫画原作者になりたい』って言ってたし、先生は先生で、最初だし好きなように書けばいいって言ってたから、脚本形式であることに対して私は特に何も思わなかったよ」

良かったぁ、と木乃美は胸に手を当てる。

「なんか悪いことをした気になって、しょぼんとしちゃって。でも、今回の作品の中で、群を抜いて良かったほのかさんにそう言ってもらえて救われました」

ほのかの作品は、まるでプロの作家が書いたのではと思わせるほど、文章・構成ともに完成度が高かった。

講師も他の受講生も大絶賛していたのだ。

「そうかな……私、こういうワークショップでは褒められるんだけど、いざ公募に出すと全然ダメなんだよね」

「えっ、そうなんすか？」

「うん。自分でも分かってるんだ。小説っぽいものは書けているんだけど、面白い展開を書けないというか」

自分の作品に対してあっさりそう言ったほのかに、木乃美は驚いた。

実のところ、彼女の文章は素晴らしいと思ったが、ストーリーはぼんやりしていたのだ。

「ほのかさんの作品って、純文学作品って感じがしましたけど」

純文学小説はストーリーの面白さというエンタメ性よりも、心理描写や文学的表現の緻密さが評価されるイメージだ。

木乃美は昔、芥川賞受賞作品を読んで『面白さが分からない』と首を捻ったことがあったのだが、そもそも、土俵が違っていたことを後になって知った。

「私、江國香織《えくにかおり》先生とか二季草渉先生のように、描写が美しくて、お話も面白い小説家になるのが夢で……」

「ああ、たしかに、文が綺麗で、エンタメとしての面白さもありますよね」

「ちなみに私は今回、一条さんの作品が一番だと思ったよ」

と言ったほのかに、木乃美は「えっ」と訊き返す。

「群を抜いて面白かったのは、一条さんの作品だと思った。圧倒されたもの」

「ええ、いやいや、そんな」

首と手を横に振りながら、頬が熱くなって仕方ない。

こんな風に手放しで作品を褒められたのは、初めてだった。

けど、とほのかは眉間に皺を寄せた。

「この脚本形式で漫画原作者としてデビューするのは難しいかもしれない。今はネームまで描ける人が求められているみたいだしね」

ネームとは、漫画の下書きだ。

上手い絵を描けるというのと、漫画を描けるというのとは、まったく別の能力である。

今は絵が上手いクリエイターはいるものの、漫画を描ける人は、そう多くない。

ほのかの言う通り、無名の新人が漫画原作界に殴り込むには、ネームを描けるスキルが必要だった。

「あと、漫画の原作者になりたいなら、コミカライズされることが多いライトノベルでのデビューを目指す方が近道かもしれないよ。チャレンジしてみたらどうだろう？」

もっともなアドバイスに木乃美は、ううっ、と唸って腕を組む。

「手始めに、今回書いた脚本を小説にしてみるとか」

そう続けられ、木乃美はなんとなく首を縦に振り、

「……もし、小説に書き換えたら、読んでもらえますか？」

上目遣いでおずおずと訊ねると、ほのかは微笑んで、もちろん、とうなずいた。

それから、木乃美はすぐに自分が書いた脚本を小説に書き直す作業に取り掛かった。短編ということもあり、三日もかからずに書き直せたのだが――。

「ほのかさん。駄目、うちはやっぱり、小説書く才能ない」

一週間後、待ち合わせたカフェで、木乃美はほのかと顔を合わせるなり、がっくりと肩を落とした。

「えっ、どれどれ、読ませて」

それでも興味津々な様子のほのかに、木乃美は恥ずかしさを押し殺しながら、プリントした原稿を手渡す。

あらためて、チャレンジして木乃美は、痛感した。

地の文を書くのが、壊滅的に苦手なのだ。

脚本の場合、

A子「ありがとう」
B男「どういたしまして」
C美「ちょっと、私にお礼は？」

このように登場人物の下に台詞を書いていくのだが、それを小説のかたちに直した場合、

「ありがとう」と、A子は言った。
するとB男が「どういたしまして」と言う。
最後に「ちょっと、私にお礼は？」とC美が言った。

——と、こうした文が延々と続いてしまう。

「言った、言った、言った、って自分で書いていて、嫌になったんです」

木乃美が頭を抱える前で、ほのかは書き直した小説を読み、ふむ、と相槌をうつ。

「この『ありがとう』という台詞。このままでは、どんな表情をしているか分からないのだけど、木乃美さんの中ではどんな顔をしているの？」

「ええと、A子もB男もなんか照れた感じで」

それじゃあ、とほのかはスマホのメモに、文章を簡単に打ち込んだ。


「ありがとう……」

はにかんで言ったA子を前に、B男は明後日の方向を向いて頭を掻く。

「……どういたしまして」

その甘酸っぱい雰囲気を打ち砕くように、C美が二人の間に割って入った。

「ちょっと、私にお礼は？」


「――こんな感じで、ちょっと加筆するだけで、より状況が分かるでしょう？」

と、ほのかは、スマホに書いた文章をかざした。

木乃美は、彼女のスマホに鼻先が付くほど近づいて息を呑む。

「ほんとだ」

あとね、とほのかが続ける。

「地の文で困った時は、『天・地・人・動・植』って、大沢在昌《おおさわありまさ》先生の本に書いてあったよ」

　大沢在昌は著名な作家で、『売れる作家の全技術』というエンタメ系小説のハウツー本を刊行しており、小説を書くための技術、プロの作家になるための戦略などが書かれているのだという。

『天・地・人・動・植』の『天』は、天候、気候のこと。

描いているシーンが寒いのか、暑いのか、太陽は照っているのか、曇っているのか、人物ばかり書きがちになってしまう時に、『天』の描写を入れてみる。

　それは心理描写との紐づけもできるそうだ。

『地』は、地理、地形。舞台は、どんな場所なのか、その町や場所の特徴を丁寧かつ分かりやすく書くと、読者にイメージしてもらいやすいらしい。

『人』は、人物。登場している人たちが男性なのか、女性なのか、その年齢、家族構成などでキャラクターの解像度を上げることができる。

『動』は、動物。飼っているペットはもちろん、誰かが散歩させている犬、近くで寝ている猫、都会のカラスなど、動物の描写から心理や町、気候などを描写することができるし、動物が出てくると和《なご》むのだという。

『植』は、植物。街路樹や公園の木々、道端に咲いている花などで、季節や風の強さ、心理状態を表現することができる、とほのかはかいつまんで説明した。

「はー、なるほどです」

木乃美は納得したが、上手く書ける気がしないし、何よりわくわくしなかった。

「そもそも、うち自身が地の文を流し読みしちゃうタイプで。もし今のうちらのことを書くなら、『舞台・カフェ』だけでいいじゃん、って思っちゃうんですよ」

と、木乃美は口を尖らせながらアイスカフェラテを口に運ぶ。

ほのかは、そうだねぇ、と店内を見回した。

「私が読者なら、舞台のカフェが、どんなカフェなのか知りたいと思ってしまうかな。だって、カフェと言っても、古き良き喫茶店から新しい雰囲気のカフェまで色んなタイプがあるよね」

そう言われて木乃美も店内を見回す。

この店は先にドリンクを買って、席で飲むタイプのカフェだ。今は夕方ということもあって、学校帰りの学生の姿が多く見受けられる。

「カフェの描写が加わるだけで、一気に映像が広がる感覚がすると思うし」

窓から差し込むオレンジ色の光の中でそう話すほのかの姿が少し眩しくて、木乃美は目を細めた。

おそらく、自分は想像力が豊かな方だから、『カフェ』の一言で、すぐに店の様子が鮮明に思い浮かぶ。

それが故に、その描写を書きたいと思えないのだろう。

「……ほのかさん、本当にもし良かったらなんですけど、この脚本を小説化してもらえませんか？」

その時のほのかの顔が忘れられない。

ぽかんと口を開けて、木乃美を見ていたかと思うと、少しずつ頬を紅潮させたのだ。

「なんだか面白そう。書かせてもらっていいの？」

ぜひぜひ、と木乃美は強く首を縦に振った。

木乃美が書いた脚本をほのかがノベライズするのに、約一か月の時間を要した。

すでに台詞もストーリーもできているのだから、一週間くらいでできるのでは、などと木乃美は思っていたのだが、そう簡単なものではなかったのだ。

書き上がった小説は、まるで別の作品かと思わせる素晴らしい出来だった。

台詞や展開は自分が考えたものだったが、ほのかが地の文を加えたことで、すべてがより鮮明になり、いきいきと輝いている。

読み終えて、木乃美は感嘆の息をついた。

「すごい、素晴らしいです。ほのかさん」

しかし、なぜかほのかは申し訳なさそうにしている。

「あの最後の台詞をより惹き立てたくて、シーンの入れ替えをしてしまっていて」

「えっ、全っ然、問題ないです。最高です」

木乃美は勢いよく首を横に振った。

沸き上がる興奮から、あの、と前のめりになる。

「あの、温めている話がいくつかあって、その脚本を書き上げるので、小説にしていただけませんか?」

ほのかは、ぱちりと目を瞬かせている。

「それを賞に出して一緒に作家になりましょう。ペンネームは、一条ほのかでも月島木乃美でも」

鼻息荒く言う木乃美に、ほのかは笑った。

「それじゃあ、ジャンケンで決めようか。一条さんが勝ったら、『一条ほのか』、私が勝ったら、『月島木乃美』」

そう言って木乃美とほのかはジャンケンをし、勝ったのは木乃美だった。

6

「――こういうわけで、『一条ほのか』は誕生したんですよ」

彼女の話を聞き終えた静江は、驚きと共に、納得していた。

軽快な台詞、テンポの良い展開、それでいてしっかりと読ませる丁寧な地の文。

それは役割分担のなせる業だったということだ。

「ユニット作家さんだったんですね……」

「あっ、『ユニット作家』ってカッコイイ。そういうことなんです」

と、一条ほのか——あらため、木乃美は、首を縦に振った。

「おかげでデビューできて、作品は評価されたし、重版もしたし嬉しかったんです。でも、三作目を出した後に、『もう私は降りる』って」

「どうしてですか？」

と、思わず声が大きくなってしまい、静江は口に手を当てる。

木乃美は苦しげな表情で、目を伏せた。

「うちら喧嘩も言い争いもなかったんです。印税もきっちり折半してましたし。だから、勝手に上手く行ってると思っていたし、うちがデビューできたのは、ほのかさんあってこそだって、ずっと感謝していました。けど、ほのかさんは、『地の文なら他の人でも担当できるから、私は自分の道を進みたい』って」

「自分の道って、彼女は彼女で作家を目指すということですか？」

さあ、と木乃美は首を横に振る。

「分からないんですよ。二作目刊行の時に大学卒業して、就職もしたって言ってましたし、仕事をがんばることにしたのかもしれないです。ってか、その後……ブロックされたというか」

あぁ、と静江の口から声にならない息のようなものが洩れた。

クリエイター同士だ。

表面上、上手く行っていたとしても、ほのかの胸の内側では色々と思うところがあったのだろう。

「それじゃあ、四作目はあなたが一人で？」

木乃美は、いいえ、と首を横に振る。

「自分でも書こうと思ったんですが、やっぱり無理だったんで出版社さんがライターさんを紹介してくれたんです。で、地の文を書いてもらったんですよ」

でも評価ガタ落ちで……、と木乃美は肩をすくめる。

「五作目はまた違うライターさんにお願いしました。上手い方ではあったんですが、最初の三作のようにはならなくて。まぁ、無理なのは仕方ないんです。ほのかさんが素晴らしかったのをうちが一番わかっているので」

「あらためて、ご自分でチャレンジされてみるというのは……？」

静江の問いに、木乃美は苦笑して、首を横に振った。

「これまで何度もチャレンジしたんですよ。でも、やればやるほど、楽しくなくて、お話が浮かばなくなっていくんです。一人で書く小説に魅力を感じなくなっちゃって」

そうでしたか、と静江は神妙に相槌をうつ。

残念な気持ちでいっぱいだったが、これはもう仕方ないだろう。

無理に小説を書いてもらっても、良いものは生まれないだろうし、ライターに依頼しても、同じことを繰り返すだけだ。

「それで、弊社へのお願いというのは、コミック編集者につないでほしい……ということですね？」

念のため、と確認をした静江に、いえいえ、とほのかは首を横に振る。

「お願いは、そうじゃないんです。ってか、もちろん、コミックの編集さんを紹介していただけるならありがたいんですが……」

どういうことだろう？

静江が眉根を寄せると、木乃美はストローを口に咥《くわ》えて、コップの中のココアをすべて飲み干してから、居住まいを正した。

「橋本さん、うちのお願いは——」

7

静江は木乃美と別れた後、やや放心状態で井の頭公園内をぶらぶらと歩いていた。

夕方ということで、学生の姿が多い。

サークル活動なのだろう、皆でダンスをしていたり、楽器を吹いたりしている。

野外ステージでは、女性が歌っていた。

四・五十代で腰までの長い髪は、ウェーブがかっており、ふくよかな体型だ。

間違いなく、プロだと思わせる迫力のある歌声だった。

歌に誘われて、静江は野外ステージ前に並ぶベンチの後方に腰を下ろす。

声楽に詳しいわけではないが、この曲は知っている。

ヨハン・シュトラウス二世の『春の声』だ。

「春か……」

桜もピークを越したが、まだちらほら残っている。

木々が風にそよぎ、桜が花びらを散らす様子を眺めながら、まるで今の自分の心のようだ、と静江は苦笑した。

『この人と一緒に本を作りたい』

と強く思えることは、そう多くない。思えたとしても、ヒットするとは限らない。

それでも、今度こそヒット作を作れるかもしれない、と胸が躍ったのだが、木乃美に伝えられた『お願い』は自分の中で昇華させるのに、時間がかかりそうだ。

「やっぱり、世の中は不公平だな……」

ぽつりと洩らした時、

「あら、そんなこと言っちゃ駄目よ」

と、話しかけられて、静江は肩をビクッとさせた。

横を向くと、野外ステージで歌っていた女性が、にこにこ笑って静江を見ている。

「驚かせてごめんなさいね。歌を聴いてくれているみたいだったから、嬉しくなって、つい話しかけたくなっちゃって。隣いいかしら？」

「あ……はい、どうぞ。歌、とても素敵でした。マイクも通さず、あんなに声が通るってすごいですね」

ありがとう、と彼女は嬉しそうに目を細める。

「私のすぐ側《そば》に、ルナという憧れの歌手がいてね。ルナをとても尊敬しているから、負けたくないとも思っているのよ」

静江は、そうですか、と相槌をうつ。

「歌手同士でも、勝ち負けの気持ちがあるんですね」

どこの世界にも、そういうのはあるのだろう。

しみじみ思っていると、彼女は首を横に振った。

「少し違うわね。私はルナに負けたくないのではなくて、ルナに対して負けたと思ってしまう自分でありたくないの。つまり、負けたくないのは自分に対して」

「ライバルは、自分というやつですか」

よく聞く言葉だ、と静江は苦笑する。

「そう。だって、歌の勝ち負けなんて誰が判断するの？ 人の好みによって基準が変わるでしょう？ 『負けた』って判定するのは、結局自分の心よ。だから、しっかり練習をして、いつでも自信たっぷりの自分でいたい。自分に自信がある状態だったら、ルナの歌声を聴いても、『ああ、やっぱり素敵だわ』って心から拍手できる。『でも、私も負けていないけど』って思いながらね」

そう言って彼女は、いたずらっぽく笑った。

「……たしかに、そうですね」

一時期、『勝ち組』『負け組』という言葉が流行《はや》ったが、あれも誰が判定するというのだろう。女性の場合は玉の輿《こし》に乗るのが『勝ち組』だとされていたが、本当に幸せなのか、となると、また別の話だ。

「どんな時も自分の心が自分の世界を作るのよ。だから、常に『自分はラッキーだ』って思っていた方が得なわけ」

　これもまた、どこかで聞いた話だ。

「ですが、それって言い聞かせているだけで虚しくならないですか？　世の中こんなに不公平で溢れているのに」

　知らない人なのに、本音で話してしまっていた。

　いや、知らない人だからこそかもしれない。

「世の中、不公平で溢れてしまうということは、あなたが、自分を蔑ろにしているからかもしれないわね」

　そう言われて、思わずカチンときた。

「私は別に、自分を蔑ろにしてるとは思っていませんよ？」

　笑顔で答えていたつもりだが、語尾が強くなっている。

　しまった、と静江は身を縮めたが、彼女は気にも留めていない様子で話を続けた。

「自分を蔑ろにしている人の多くは同じように言うものよ。でも、そういう人は、常に『どうせ自分なんて』と心の中で言っていたり、一生懸命がんばって結果を出せたとしても、『こんなのまだまだ』と自分を認めなかったりしている」

　身に覚えがあり、静江は一瞬黙り込んだ。

　一拍置いて、ですが、と口を開く。

「みんな、そんな風に考えるものじゃないですか？」

「そうね。だから、『世の中不公平』だと思う人が多くなってしまっているのよ」

そう言うと彼女は、自分の胸に掌を当てた。

「人には誰しも声を発している自分が二人いるんですって。一人はこうして普通に話をしている理性を司る表の自分。もう一人は自分の内側にひっそりと息づいている本能の自分」

これはルナに教わったことだけど、と彼女は言ってから、話を続けた。

「本能の自分はとても小さな女の子のようなものなんですって。声も小さくて耳を傾けなければ、何を言っているのか聞き取れない」

俗にいう、インナーチャイルドのことだろう。

静江は彼女の話を聞きながら、花の上にちょこんと乗っている親指姫のようなものを想像した。

「自分を蔑ろにするというのは、理性を司るあなたが、その女の子を虐待しているに近しいことなのよ」

強い言葉に、静江の頰が引きつった。

「それは……、大袈裟ではないですか？」

「あら、そうかしら？　理性を司るあなたは、その女の子に対して、『どうせ、おまえなんて』と常に言っている。女の子は、あなたに認められたくて褒めてほしくて、いつも必死よ。一生懸命にがんばって、やっと結果を出して、ようやく褒めてもらえるかと思ったら、あなたはその子にこう言うのよ。『はっ、こんなものなのか？　本当にまだまだだな』って」

ずきん、と胸が痛んだ。

これまで自分は、懸命にがんばって、そこそこの結果を出したことはある。

上司は褒めてくれたが、自分では自分を褒める気にはとてもなれなかった。

この程度じゃ、駄目だと。こんなもんじゃないと。

それは、『ここでは終わりたくない』、『こんなもので満足したくない』という思いがあったからだ。

だが、もし自分の中に二人の自分がいたとして、声の大きな自分が、がんばってきた小さな自分にかける言葉だとするなら、横暴すぎる。

萎《しお》れた花の上で、膝を抱えるように蹲《うずくま》っている女の子の姿が頭に浮かび、静江の目頭が熱くなった。

「そんな風に自分を痛めつけていると、どんどん世界がくすんでくるの。どんな恵まれた環境にいても、人を羨んで妬《ねた》んで苦しくて仕方がなくなる。常に『ずるい』と思ってしまう。なぜなら、その女の子が、『あの立場になれば、私も表の私に褒めてもらえるのに。あの人はずるい』って叫んでいるから。あなたが『不公平だ』と思ってしまうのは女の子の声なのよ。人はね、誰かに褒められても、自分で自分を褒めてあげないと、まったく満たされないものなのよ」

自分の内側で、常に『ずるい』『ずるい』という言葉がぐるぐると回っていた。恵まれていてずるい、綺麗に生まれてずるい、運が良くてずるい。

そして、常に『誰かに褒められたい』という気持ちがあった。

本当は、『誰か』ではなく、自らを褒められる、誇らしい自分でありたかったのだ。

そんなこと、思い付きもしなかった。

常に『こんなもんじゃない』と自分を認めずにいて、それを美徳としていた。

彼女の言う通り、これではセルフDVだ。

――ごめんなさい。

自然と、謝罪の言葉が腹の奥底から湧き出てきた。

同時に、静江の頬に涙が伝う。

「それじゃあ、私はどうすれば……？」

「いちいち、自分を褒めてあげるのよ。朝起きてえらい。ちゃんと休憩できてえらい。仕事してるんだ、がんばってるね、えらい。運が良いのも日頃の行いの賜物だから、やっぱりえらい。内側の女の子は、本当に幼いから子どもだましみたいな単純な言葉で、たちまち機嫌が良くなってくる。そうしたら、あなたの世界が変わってくるの。なぜなら、あなたの世界を作っているのは、他でもないその女の子だから」

スピリチュアルな話だ。少し前の自分なら、拒否反応を起こしていただろう。

なぜ、以前は拒絶したのか？

それは、おそらく、理性の自分が大きくなりすぎていたからだろう。

今、彼女の話を聞きながら、胸が熱くて、涙が止まらない。

これは、ようやく分かってくれたと思っている内側の自分の涙なのだ。

「あなた、牡羊座でしょう？」

言い当てた彼女に、静江はギョッとしつつ、うなずいた。

「牡羊座さんは、人よりも早くに動けるせっかちさんだから、結果も急いでしまうのよね。だけど大丈夫。そんな牡羊座さんに、もうすぐ十二年に一度の幸運期が訪れる。その前にしっかり、女の子を慰めて、褒めまくってあげてちょうだいね」

えっ？　と静江は涙を拭いながら、訊き返す。

「幸運期って、牡羊座、全員が十二年に一度の幸運期なんですか？」

「ええ。二〇二二年五月中旬から約一年間、ラッキースターと名高い『木星』が牡羊座に滞在するの。その間、太陽の星座が牡羊座の人たちは恩恵を受けやすいというわけ」

まぁ、一年の間に逆行したりもするんだけど、と彼女は付け加える。

「つまり、私の場合、十二年前も幸運期だったということですか？」

そうよ、と彼女はにこりと微笑む。

「何かいいことあったかしら？」

「……はい。就職関係で」

そう、春川出版に入社できたのだ。

「面接の時、人事部長にこんな質問をされたんです」

『毎日の生活の中で、もっとも大切だと思うことは何ですか？』

「あら、あなたはなんて答えたのかしら？」

あの時、自分はこう答えたのだ。

『挨拶――言葉だと思います』

そのことを伝えると、素敵ね、と彼女は微笑んだ。

「本当に、言葉は大切よ。人を生かしも殺しもするわ。それは、内側の自分に対してもそう」

「……はい。肝に銘じます」

「本当よ。ちなみに、牡羊座期が終わった後は、木星が滞在している星座を意識した行動をしていると、いつまでも恩恵にあずかれるものなのよ」

「それはどういうことでしょう？」

「木星は二〇二三年は牡牛座、二〇二四年は双子座、二〇二五年は蟹座へと移っていく。木星が牡牛座に入っている間は牡牛座らしい行動を取るといいわ。たとえば、五感を大切にしたり、美しいものに触れたりね。双子座の時は人とのコミュニケーションを大切にして、情報収集に励んだり。蟹座の時は快適な空間を整えたりね。その年の流行を作るのも木星だなんて言われているのよ」

それに、と彼女は、静江の顔を覗き込んだ。

「今トランジットの木星は、あなたの十二ハウスにいる。来年は一ハウスに入ってくるから、まさにこれから新たなスタートを切るわね」

何を言っているのか分からず、静江がぽかんと口を開けると、彼女は説明をした。

『トランジット』というのは、現在の天体の位置を指したものであり、『経過図』という呼び方もするのだという。

現在の木星が、静江の出生図《ネイタルチャート》と合わせた時に、十二ハウスのどこに入っているかを見るそうだ。

木星が、自分の一ハウスに入るというのは、大きなチャンスに恵まれることが多くなる。希望が湧き、才能が開花したり、人気が高まったりするのだという。

「それじゃあ、十二ハウスの今は……?」

静江がそう訊ねた時、長い黒髪の若い女性がトレイを手にやってきた。

「ジュピター、ここにいたのね」

どうやら、彼女の名前はジュピターというようだ。

ジュピターは、若い女性に向かって手を振りながら、静江に耳打ちした。

「噂をすれば、あの子がルナよ」

へぇ、と相槌をうっていると、ルナは静江の前まで来て、じっとこちらの目を見た。

「これは、ジュピターにと思ったけど、あなたにあげるわ」

そう言うと、コップの載ったトレイを静江の横に置いた。

そのコップの中には、薄紅色のドリンクが入っている。

「咲き誇る桜をスムージーにした、『桜のスムージー』よ。ゆっくり飲んでね。飲み終わったら、そこに置いといてもらえたらそれで大丈夫だから」

静江は紫色のルナの瞳に引き込まれながら、ありがとうございます、と会釈をする。

ルナは、ふふっと笑って、ジュピターに視線を移した。

「それじゃあジュピター、ステージに戻って一緒に歌いましょう」

「いいわね。負けないわ」

「勝ち負けじゃないでしょう？」

「あなたに対しての勝ち負けじゃないのよ」

そんな話をしながら、ジュピターはルナと共に野外ステージへと戻っていく。

ジュピターは何かを思い出したように足を止めて、静江を振り返った。

「そうそう、木星が出生図の十二ハウスに入った時は、どうなるのかという話、途中だったわね」

「あ、はい」

「十二ハウスは、『秘密の部屋』。そこに木星が入るとね、悩みが解消されたり、精神面での幸運が高まったりするそうよ。あと、『見えない世界からの恩恵が得られる』とも言われているわ」

幸運を、とジュピターはウインクをして、再び歩き出した。

「見えない世界からの恩恵……」

静江は狐につままれたような気持ちでコップを手に持ち、ストローを咥えて、『桜のスムージー』を飲む。

甘酸っぱさが口いっぱい広がって、思わず目を瞑った。

「美味しい……」

そう洩らした時、なぜか泣きそうになって、眉間をつまむ。

同時に、昨夜の喧嘩を思い出した。

「言葉が大事って、自分で言ったのにな」

これまで、妹は何もしないのが当たり前の環境で育ってきた。

もういい大人なのだから、いちいち言わなくても察して動いてほしいだなんて、いきなり求められても、無理な話だったのだろう。

「酷い言い方をしたことを謝ろう」

静江がおもむろにスマホを出すと、メッセージが入っているのに気が付いた。

『お姉ちゃん、洗濯物を入れて畳みました。今日は遅いの？　晩御飯は作っておいた方がいい？』

妹からのメッセージに、ふっ、と静江の口許が綻《ほころ》ぶ。

『もうすぐ帰るし、ご飯は作らなくていいよ』と返そうとして、静江は手を止めた。

いつもこうやって、妹に何もさせずに来たのだ。

『生きてていいのかなって、毎日、思ってるよ！』と叫んだ妹の苦しさの根底には、もしかしたら、何もしていない罪悪感もあるのかもしれない。人には、『誰かの役に立ちたい』という欲があるものだ。気を遣って何もさせないというのは、かえってその人を苦しめているのかもしれない。

遠慮せずに、もっと頼っていこう。

『簡単なものでいいので、作ってもらえると嬉しい』

そう送ると、『了解』というスタンプが返ってきた。

ありがとう。昨日はごめんね、と、メッセージを送ろうとしたが、これは直接、伝えたいと静江は、通話ボタンを押した。

数度の発信音の後、『はい』と、姫香が電話に出る。

「洗濯物、入れてくれたんだね」

『……うん』

「ありがとう。昨日は、余裕がなくなっていて、酷い言い方をしてごめんね」

静江が落ち着いた口調で言うと、姫香がややあってぽつりと答えた。

『私こそ……ごめんなさい。あんな風に言ったけど、家のことやらなきゃと思いつつ、めんどくさいな、やってくれてるしいいかって怠惰《たいだ》になっていたところがあって』

「これまでのこともあるしね。言われなかったらやらなくていいのかなって、つい甘えちゃうのは分かるよ。姫香にそうさせてきたのは、私たちだし」

不満があり、変わってほしいと思うなら、都度《つど》伝えなければならなかった。

「これからは、遠慮なくお願いしようと思う。姫香が嫌そうな顔しててもね」

『うん。嫌な顔も……ちょっと部屋で作業していて、盛り上がっている時だったりして、それなのに、「あんた何もしていないんだから」って決め付けられた感じで言われるのが嫌で、ついだったたんだよね』

ごめんね、と姫香が話す。

話し合いは面と向かってすべき、と言う人がいる。

けれど、今の自分たちは、電話だからこそ、お互い素直に話ができている気がした。

「その『作業』についてだけど、姫香に話したいことがあったんだ」

『……なに？』

「姫香は、『一条ほのか』だったんだね」

姫香が息を呑んだのが分かった。

『どうして……？』

と洩らした姫香の声が掠《かす》れている。

「さっき、一条ほのかさんに会ったの」

その時、彼女に言われたのだ。

『ほのかさんの本名は、橋本姫香なんです。ほのかさんのお姉さんが、春川出版にいて、お姉さんをとても尊敬しているって。いつか自分が作家デビューして、お姉さんを驚かせて、一緒に本を作るのが夢だと、そう言っていました』

「ユニットを解消したのは、木乃美さんと組むのが、嫌になったから？」

なるべく刺激を与えないように静江は落ち着いた口調で静かに問う。

姫香は何も言わなかったが、何かを話そうとしているのは伝わってきた。

静江も何も言わずに妹が話すのを待っていると、電話越しに、姫香が泣いているのが伝わってきた。

「……そっか、辛かったんだね」

うん、と姫香が答える。

『「一条ほのか」が評価されるたび、逃げ出したくなってた』

だって、と姫香はくぐもった声で続けた。

『木乃美さんは、才能の塊のような人で……私は彼女にスポットライトを当てただけ。それなのに木乃美さんは私を絶賛してくれるし、世の中も評価してくれた。私なんて、言ってみれば、木乃美さんの作品に手を加えて小説の形にしているだけ。それなのに、印税も半分いただいていて、泥棒みたいだって思ってた』

私ね、と姫香は息を吐き出すように言う。

『親に可愛がられてきたと思ってる。だけど、期待もされていないのを感じていたんだ。すごいし、頼りになるのはお姉ちゃんで、姫香はなんにもできないからって感じだった。楽だったけど自分もすごいと思われたいと思ってた。お姉ちゃんが出版社に就職した時、お父さんもお母さんもみんな喜んでて、これでもし私が作家デビューして、お姉ちゃんと仕事ができたら夢みたいだと思ったの。だから、公募とかがんばって、それなりのものは書けても、結局全敗で……。そんな時に木乃美さんに会って、「あぁ、才能のある人ってこういう人のことを言うんだな」って思った』

最初は楽しかったんだけど、と姫香は息をつく。

『こんな自分を見たら、お姉ちゃんは、「やっぱりその程度のことしかできないんだ。人の才能に乗っかって恥ずかしくないのか」と思うんじゃないかって』

「何を言ってるの！」

自分でもびっくりするぐらい、大きな声が出た。

「『一条ほのか』は、木乃美さんと姫香が揃ってこその『一条ほのか』で、木乃美さんの作品を本当の意味で小説にしているのはあなたの力だよ。姫香は四作目と五作目を読んだ？　お姉ちゃんは四作目、ちょっとしか読めてないけど、小説としてまったく面白くなくなってる。姫香のすごさを感じたよ。何より、他の誰よりも木乃美さんこそが姫香の才能を分かってるんだから」

木乃美は、先ほどこう言っていたのだ。

『さっきうち、「運命の人」の話をしたじゃないですか。橋本さん、「運命の人」ってシンデレラの中では誰だと思います？』

木乃美の問いかけに、静江は、王子様でしょうか、と答えた。

『うちの場合は王子様じゃなくて、シンデレラを変身させた「魔法使い」だと思っているんです。素材は良かったかもしれないけど、みすぼらしかったシンデレラをこれ以上なく美しく輝かせてくれた……。だから、シンデレラはお城の舞踏会に行けたんです。ほのかさんはうちにとってまさに、シンデレラの魔法使いで、「運命の人」だったんだって、実感というか、痛感しているところなんです……』

「私も、姫香は木乃美さんの魔法使いだったと思ってる」

姫香は何も言わない。

「姫香、夜遅くまでごそごそしているのは、小説を書いているんだよね？」

『……うん』

「もう、木乃美さんとは組みたくない？」

再び黙り込んだ姫香の雰囲気から、未練があるのが伝わってきた。

「才能のある人と組むのは、苦しいよね……」

だけど、と静江は続けた。

「これは、姉じゃなく、春川出版の編集者としてのお願いです。私は一条ほのか先生のお話の運び方、台詞のやり取り、美しい地の文が大好きです。何一つ欠かせない、才能あるお二人だと思っています。私は恥ずかしながら、入社して十二年、これまで一度もヒット作を出せていません。一条ほのか先生の作品を読んで、もしかしたら、と大きな可能性を感じました。できれば、もう一度奇跡のユニットを復活させていただけないでしょうか」

見えるわけではないのに、気が付くと静江は深々と頭を下げていた。

そして、と静江は続ける。

「木乃美さんから、言付けを預かっているの。『一条ほのかは、ほのかさんがいてこその一条ほのかです。いつまでも連絡待ってます』って」

うっ、と姫香が嗚咽《おえつ》を洩らす。

ややあって、姫香はそっと口を開く。

『前の職場にいた時、小説をがんばっていたせいで身が入らなくて怒られてばかりだったの。上司に「何かやっているのか」と聞かれて自分のやっていることを伝えたら、「なんだ、内職で作家の手伝いをしているのか。ほどほどにな」って言われて……』

はあ？　と静江の声が裏返った。

「なにその上司」

『それで、なんだか心が折れて、職場でもうまくいかなくて、木乃美さんに一方的に、もうやめますって言ってブロックしてしまったの。だから、ずっと木乃美さんにも申し訳なく思っていた……』

そっか、と静江はうなずく。

「ここから、お姉ちゃんとしての助言だけど。本当に辛かったら、続ける必要はないと思う。だけど一度ちゃんと話してほしい。木乃美さんも『このまま忘れることはできない。もしもう一緒にできないとしても、最後に話したい』って言ってたよ。さっきも言ったけど、彼女は世界中で誰より姫香の才能を買っている人だと思うから」

……うん、と姫香が答える。

「それじゃあ、そろそろ。夕飯お願いね」

急に照れ臭くなって、思わず早口になって言うと、姫香も笑いながら言った。

『がんばるね』

「楽しみにしてる」

静江はスマホをバッグにしまい、飲み干したコップを置いて、よし、と腕を伸ばす。

頭の中にかかっていた霧が晴れたようだ。

これからは、もっと、自分を甘やかそう。

家に帰って、姫香の作ってくれた夕飯を食べながら、よく冷えたビールを飲もう。

とっておきの入浴剤を入れて、ゆっくりお風呂に浸《つ》かろう。

静江は立ち上がって、野外ステージの方を見る。

いつの間にかジュピターとルナの姿がなくなっていたが、静江はステージに向かって深々と頭を下げて、公園を後にした。

12年に一度の木星期の過ごし方のヒント

木星が滞在する星座と自分の太陽星座が重なる人は、
12年に一度の幸運期と呼ばれます。そうではない星座の人は、
木星が入っている星座の性質に沿った動きを心掛けると吉

牡羊座♈	2022/5/11〜	(10/28〜12/20、魚座に逆行し滞在) 直感を大切に行動を起こそう。チャレンジを心掛けよう
牡牛座♉	2023/5/17〜	自分の心と向き合い、五感を満たそう。 自分に贅沢な時間を与えよう
双子座♊	2024/5/26〜	新しい目標を立てよう。 興味を持ったら軽やかに動き、人と会おう
蟹　座♋	2025/6/10〜	家族、仲間との時間を持とう。 自分がくつろげるスペースを充実させよう
獅子座♌	2026/6/30〜	理想の自分をしっかりイメージ。 自らの魅力を周囲にアピールしよう
乙女座♍	2027/7/26〜	心身を見直し、整えることを心掛けよう。 人のサポートをしよう
天秤座♎	2028/8/24〜	行動範囲を広げよう。 たくさんの人と出会い、交流しよう
蠍　座♏	2029/9/24〜	興味を持ったことをとことん深堀りしてみよう
射手座♐	2030/10/23〜	冒険心を大切に、自らが欲する学びに積極的になろう
山羊座♑	2031/11/15〜	一年の抱負・目標を立てよう。伝統に触れよう
水瓶座♒	2032/4/12〜	(6/26〜11/30、山羊座に逆行し滞在) 気の合う仲間と過ごそう。 自分の心に制限をかけないようにしよう
魚　座♓	2033/4/15〜	大きな夢をイメージしよう。神社仏閣、 水辺などへ行きリフレッシュを心掛けよう

木星トランジット		
ハウス	意味	12ハウス別に起こる幸運
1	自分自身	成功のチャンスに恵まれる。才能が開花する。活躍の場の拡大。新しい目標ができる
2	お金	収入増の暗示。収入源を確保できる。サイドビジネスを始めるのに良い時期
3	知識	交友関係が広がる。友人との交流を楽しめる。新しいスキルが身につきやすい
4	家	家族との絆が深まる。家庭生活が安定する。家族に慶事がある。引っ越しも吉
5	趣味・恋愛	趣味が充実する。楽しいことがたくさんある。恋愛のチャンスに恵まれる
6	仕事・健康	仕事運UP。健康の見直しに最適。病気の快復
7	結婚	出会い運が高まる。結婚運が高まる。共同経営を考えている人はこの時期がベスト
8	共有	不労所得運。思いがけぬ財産が入る。ローンに適した時期
9	探求	学問探求、海外旅行など、自分を磨く経験に適した時期
10	社会・人生の目指すところ	目標を達成。出世、キャリアの向上。名誉や名声を手にする
11	交友	同志に恵まれる。人間関係が華やかになる。新しい目標が見つかる
12	秘密	悩みからの解放。精神面にゆとりがでる。見えない世界からの恩恵を得る

第四章

未来への序曲

二〇二三年　冬

1

できれば、バレンタインデーを発売日にしたい。

そんな二季草渉の希望にこたえる形で、彼の新作発売日は二〇二三年二月十四日に決まった。

「二季草先生、お疲れ様でした」

発売前夜、二月十三日。

窓から観覧車やゴンドラが見える横浜のブルワリー（ビール醸造所）で、光莉と草刈は、二季草を囲んで乾杯をしていた。

二季草と草刈は赤ワイン、光莉はビールだ。

二人がワインだったので、光莉も同じものにしようと思ったが、ここはブルワリーだ。せっかくだからと、ビールに決めた。

二季草はワインを少し飲んだだけで、早くも頬を赤らめながら嬉しそうに微笑む。

「ありがとう。草刈さんと藤森さんもお疲れ様でした」

「今日は藤子さんも横浜にいらしてるんですよね？　ここにも来てほしかったです」

草刈がそう言うと、二季草は頭を掻く。

「僕も誘ったんだけど、『お仕事のお疲れ様会でしょう』って断られたよ。彼女は彼女で横浜の夜を楽しむって」

そうでしたか、と草刈はにこやかに相槌をうつ。

二季草はいつも、『藤子さんは僕より男前なんだ』とのろけているのだが、本当に、竹を割ったような性格らしい。

ふんわりしている二季草と相性が良いのだろう。

草刈はワインを飲んで、ふぅ、と息をつく。

「いよいよ発売ですね。一部の書店では、深夜零時に店を開けて本を売ってくれるそうですよ」

この言葉に二季草は喜ぶかと思えば、身を縮めて顔を手で覆った。

「この寒い二月の真夜中に申し訳ない。そこまでしてもらって誰も来なかったら、どうしよう」

大丈夫ですよ、と草刈が笑いながら、彼を勇気づける。

光莉も、そうですよ、と強く首を縦に振った。

「新刊予約してくださっている方も多いみたいですし、読んだ方はきっと喜んでくれると思います」

世界観は、とても二季草渉らしく瑞々しく、良い意味で青臭い。それでいて新鮮さもふんだんにあり、彼が得意とする美しい描写には磨きがかかっていた。

これまでの二季草渉ファンはもちろん、新たな読者も満足してくれるだろうと光莉は信じている。

新作『君と僕のカノン』は、実在したピアニストの生涯からインスピレーションを得て、創作していた。

モデルとなったピアニストはインタビューで一番好きな曲は『パッヘルベルのカノン』と答えているのだが、その曲は公の場で一度しか演奏していないのだ。

二季草は、『なぜ、彼は一度しかその曲を演奏しなかったのだろう?』と思い巡らせているうちに、話が浮かんできたという。

主人公は、横浜に住む高校生の少年・海斗《かいと》。

物語は、海斗の回想シーンから始まる。

海斗が小学生の頃、横浜の港の見える丘公園に遊びに行った帰り、大きな洋館からピアノの音が流れてくるのを聴く。柵の間から覗いて見ると、高校生くらいに見える年上の女性がピアノを弾いていた。

その様子は、まるで映画のワンシーンのように美しく、海斗は一目で恋に落ちる。

それから海斗は彼女の家の前まで行き、気高い旋律に耳を傾けるようになる。

海斗がいつも家の前でピアノを聴いていることに気が付いた令嬢は、海斗を家に招き、海斗の前でピアノを弾き、お喋りをする。

令嬢の名前は、小夜子《さよこ》。体が弱いため、学校に行けない日が多く、調子が良い時はこうして家でピアノを弾いているのだという。

それから、海斗と小夜子の交流が始まる。

海斗は自分の中で大きくなっていく小夜子への想いが止められず、ある日、野薔薇《のばら》を摘んで花束にし、彼女に告白をする。

『好きです。僕の恋人になってください』

小学生からの真摯な告白を前に、小夜子は微笑んでこう言う。

『ピアノの先生が言ってたの。音楽をやっていると、奏でる音でその人がどんな人なのか分かるんだって。本当に私のことが好きなら、私のために、私が一番好きな曲を弾けるようになって』

小夜子が一番好きな曲、それはパッヘルベルのカノンだった。

その日から海斗は学校の音楽室のピアノを借りて、ピアノを弾ける友達に頼み込み、練習を始める。そうして、二か月が経つ頃には拙《つたな》くも弾けるようになった。

勢い込んで二か月ぶりに小夜子に会いに行くも、彼女の住む屋敷はもぬけの殻だった。

小夜子の父が事業に失敗し、多額の借金を背負って一家で夜逃げをしたという。

海斗は愕然とし、こうなったら小夜子に自分を見付けてもらうしかないと有名なピアニストになる決意をする。

そうして、高校生になった海斗は、懸命な努力と元々のセンスも手伝って、コンクールで入賞する実力者となっていた。

いつ小夜子に再会してもガッカリされないようにと外見も磨いてきたため、『若き貴公子』と持て囃されている。女の子に告白されることもしばしばあったが、海斗の心はあの日と変わらず、小夜子に向いていた。

ある日、海斗は友人たちとカラオケで盛り上がった帰り、横浜の繁華街で小夜子らしき女性を見掛ける。

友人たちに別れを告げて、彼女の背中を追い掛け名前を呼ぶと、彼女は驚いたように振り返った。

赤いドレスに派手な化粧をしていたが、それは間違いなく小夜子だった。

かつてお嬢様だった彼女は、横浜の夜の店で働くホステスになっていた。

小夜子は海斗との再会を懐かしみ、以前のように家に招いてくれる。

ボロボロのアパートで一人暮らしをしていた小夜子は、自分のことよりも海斗のこれまでのことを聞きたがった。

海斗は、小夜子の影響でピアノを弾くようになり、ピアニストを目指していることを話したうえで、今も小夜子を想っていると伝える。

最初は口だけだろうと、海斗の想いを真剣に受け取っていなかった小夜子だが、再び交流を重ねていくうちに、自分への想いが本気であることを肌で感じ、会うのを避けるようになる。

海斗に似つかわしくないという思いと、元々体が弱かった小夜子は、自分の命が長くないのを知っていたからだ。

避けられてもなお一途に彼女を想い続ける海斗は、今度横浜で開催されるピアノの大きなコンクールを観に来てほしいとアパートまでチケットを届ける。

しかし、小夜子は決してドアを開けず、海斗は仕方なくチケットを新聞受けに入れて、帰宅する。

コンクール当日。

小夜子に届けたチケットの最前列のシートに彼女の姿はなく、海斗は落胆する。

意気消沈した状態で、自分の番となりステージに出たところで、小夜子が会場の隅に立っていることに気付く。

小夜子の姿を見た海斗は、決められた曲を弾かず、渾身の『パッヘルベルのカノン』

を奏でた。

演奏が終わるなり、座り込んで泣き崩れている小夜子の許に、海斗は駆け付ける。

そして、『この曲はあなたに捧げた曲だから、僕はあなたの前でしか弾かない』と、宣言する。

物語の最後は、ふたりはこの後、最上の時を過ごすも、海斗はこのコンクールを最後に、公の場でカノンを弾いていない――と締めくくられて幕を閉じる。

これが、二季草が導き出した『なぜ、あのピアニストは、一度しかカノンを弾かなかったのか』の答えである。

たった一つの疑問から、この物語が生まれたと思うと、まるで奇跡のようだ。

光莉は、物語の読後感を何より気に入っている。

「幸せなのに切なくて、でもやっぱり幸せな……素敵なお話でした」

噛みしめるように言った光莉に、ありがとう、と二季草ははにかんだ。

2

「――お疲れ様でした。お先に失礼いたします」

食事を終え、二軒目に行くという草刈と二季草に別れを告げ、光莉は一人、高台に向かって歩いていた。

港の見える丘公園や山手西洋館は、まさに『君と僕のカノン』の舞台である。

作品の舞台巡りをしているような気持ちになるが、そうではない。

ここは、光莉の実家の近くなのだ。

光莉の父、藤森彰が建てた白い壁の瀟洒《しょうしゃ》な洋館は、横浜の街と海を見下ろせる最高の立地に建っている。

しかし、『素敵な洋館だけど、藤森グループの会長の家としては、こぢんまりしているね』などと通行人に言われることも多い。

たしかに、大手デベロッパーの会長の家ともなれば、タワーマンションの最上階などもっと華やかなものを想像するのだろう。

実家は小さいわけではないが、大きいというほどでもない。

田舎の一軒家程度の大きさだろうか。

光莉は、実家の前まで来て足を止めた。

『一応、担当した本ができたから、今から届けに行くね』

と、母には先ほど、メッセージを入れておいた。

『えっ、今から？　もっと早くに言いなさいよ』

と、母は慌てている様子だったが、『待ってるね』というスタンプも送ってくれた。

光莉は、滅多に実家に帰らない。

せいぜい元日に顔を出して、挨拶をして日帰りする程度だ。

普通の日にこうして帰るのは、何年ぶりだろう?

インターホンを押そうとして、手を止めた。

自分の家だ。

光莉は合鍵で鍵を開けて、玄関に足を踏み入れる。

「ただいま……」

と、そのまま廊下を進み、リビングの扉を開けた。

リビングの中央には、以前と同様にグランドピアノが置いてあった。漆黒のピアノを引き立てるように、白いソファと白いカウンターテーブルがある。

母の姿はなく、父がカウンターの中にいて、食器棚からグラスを出しているところだった。

背はそれほど高くないが細身であり、白髪が印象的な父は、娘の目から見ても上品な雰囲気だ。

「お帰り、光莉」

父の優しい微笑みに、光莉の胸がちくりと痛んだが、なんでもない振りをしてリビングを見回した。

「お母さんは？」

「今夜は、東京で会合があって、出かけていたんだ。でも光莉から連絡があったから、すぐに帰ると言ってたよ」

えっ、と光莉は目を見開いた。

「お母さん、出かけてるの？　無理して帰って来なくていいのに」

光莉は慌ててスマホを出し、『私は本を置いてすぐ出るから、無理して帰らなくていいよ』とメッセージを送る。しかし、すぐに『もう帰っている途中だから、私が戻るまで家にいるように』と返事が届いた。

そんな……、と頬を引きつらせていると、父が小さく笑った。

「光莉がこうして帰って来てくれるのが久しぶりだから、お母さんも嬉しいんだよ」

お母さんも、ということは、自分もということだろう。

光莉は、そうだね……、と相槌をうつ。

「担当している作家さんの本ができたって？」

「……うん」

と、光莉はカウンターテーブルに新刊を置いた。

父は本を手に取り、嬉しそうに目を細めた。

「二季草渉じゃないか！　すごいな、光莉」

「担当してるといっても、私はサブだったんだけど」

「それでもすごいよ。お祝いに乾杯しよう」

父はそう言うとワインクーラーからシャンパンのボトルを出した。ポンッ、と栓を抜いて、既に並べていた二つのグラスに注いでいく。

「おめでとう」

と、グラスを手に言う父に、光莉ははにかんで会釈した。

「ありがとう……」

まさか父とこうして、二人きりで飲むことになるとは思わなかった。

「光莉とお酒を飲むなんて初めてだね。光莉が成人したら、親子で飲むのが夢だったんだけど、すっかり帰って来なくなってしまって」

「ごめんね」

いいんだ、と父は首を横に振る。

「お母さんから、本当のことを聞いてしまったんだろう？」

どきん、と光莉の心臓が強く音を立てた。

どうやら父は、光莉と話す機会を窺っており、今夜こそと思っていたようだ。

父は覚悟を決めた表情を見せている。

光莉はこくりと首を縦に振る。

「でもね、お父さんとお母さんのなれそめというか、二人で決めたことに関しては、お母さんからちゃんと聞いているんだ。お母さんは、お父さんにとても感謝しているし、それは私も同じ……」

そう言ってシャンパンを一口飲んだ。冷えた辛口の泡が弾けて、涙腺を刺激する。

「感謝しているのは、お父さんの方だよ」

そんな風に言う彼は、父親として本当に素晴らしい人だ。

自分は血液型に疑いを持つまで、父と血がつながらないなんて、露ほども思わなかったのだから……。

「私ね、お父さんの本当の気持ちを知りたいと思ってた」

光莉は椅子から降りて、グランドピアノの前に立つ。

自分が生まれる前から建っていた家。

自分が生まれる前からリビングにあったグランドピアノ。

それはきっと、父が『本当に迎えたかった人』のために用意したものではないか、と光莉は思ったのだ。

グランドピアノの手前の屋根を開けて、右下に視線を落とした。

そこに、品番と製造番号が記されている。

今から五十年以上前に作られたグランドピアノだ。

「お父さんとお母さんの事実を知った後、私はふとこのグランドピアノのことが気になって、色々調べていたの。そうしたら、当時お父さんの秘書さんがこんなことを教えてくれたんだ。『光莉さんのグランドピアノは、会長がこだわって小樽の楽器店から取り寄せたものなんですよ。きっと未来の自分の子どもにと考えていたのでしょう』って」

父の瞳が微かに揺れた。

「それで思い出したんだ。お祖父ちゃんには何人も囲っている女性がいて、お父さんには、異母弟妹がいるって。そのうちの一人、北海道にいる妹さんとは交流をしてるって。その妹さんの名前は――藤森光子《みつこ》」

ここまで行きついた時、光莉は調べるのをやめた。

思考も閉ざしたのだ。

そして――ピアノも弾けなくなった。

母の言葉を思い出す。

『パパにはきっと、一緒になれない好きな人がいたんだと思う……』

『光莉の名前はパパがつけたのよ』

自分の名前には、光子の一字『光』が入っているのだ。

「お父さんは……光子さんを愛していたの？」

光莉は、しっかりと父を見て、真剣に訊ねた。

父は弱ったようにして、首を横に振る。

「それは、違うよ。光莉」

そう言われても、信じられなかった。

その気持ちが表情に出ていたのだろう、父は腹を括ったように口を開く。

「お父さんが子どもの頃から、家庭内は崩壊していたんだ。光莉が言ったように父には女の人がたくさんいたし、そのことで母は神経質になっていて、顔を合わせれば喧嘩ばかり。高校生の頃、父に食事に誘われてレストランに行ったら、浮気相手が同席していたこともある。浮気相手は、父が席を外した時に、お父さんを誘惑してきたんだ。それから、女の人が信じられない気持ちになってしまった」

光莉は、何も言わずに父の言葉に耳を傾けていた。

「ある日、母が半狂乱になって、小樽に行くと言い出した。父が小樽でもう一つ家庭を持っていることが分かったんだ。一人で行かせるのが心配だから、お父さんも付き添って行ったよ」

父はそこまで言って息をつく。

祖父は自分と同じ『藤森』という名の女性を見付け、囲っていたそうだ。

「小樽の高台に、その洋館はあった」

小樽の海が見渡せて、リビングにグランドピアノがある小さな洋館だった。

父の母はまさに殴り込むかたちで、その家から愛人と娘を追い出したのだ。

父はそこで、はじめて異母妹の光子に出会った。

まだ中学生だったという。

光子は、自分が愛人の娘であったことを知らなかったようだ。

しかし、事実を知るなり『自分たちが悪い』とすべてを悟った様子で、わずかな着替えと最低限の食器類、そして飼い猫を胸に抱いて家を出ていったのだという。

父はそんな妹が可哀相でならず、母に見付からないように、手持ちのお金をすべて彼女に手渡したという。

「――自分たちが悪いと、すべて受け入れて潔く出て行った彼女の姿を思い出すたびに胸が痛かった。同時に『ようやく心から護りたいと思える家族ができた』という嬉しさもあった。それまでお父さんは、家族の誰のことも尊敬できなかったけど、母親違いの妹だけは尊敬できたし、力になりたいと思うようになった。そして、いつか兄妹で暮らせたらいいなと夢見て、この家を建てたんだ。彼女の手から奪われてしまったグランドピアノもなんとか探して買い戻した」

父は家の中を見回して、だけど、と小さく笑う。

「妹はそんなことは求めてなくてね。その時にはしっかり愛する人を見付けて一緒に暮らしていたよ。その人とは別れてしまったようだけど」

「……がっかりした？」

「いいや、光子らしいなと思ったよ。逞《たくま》しくて眩しかった。恋愛ではなく、人として憧れていた。純粋にね」

でも、と父は息をついた。

「お父さんの女性不信はなかなか拭えなくてね……。お父さんもそれなりに女性とお付き合いしたことがあるんだけど、みんなお父さんじゃなくて、財産が目当てだったからなおさらだった」

あぁ、と光莉は父の気持ちを察して、相槌をうつ。

「うちはお金があったけど、お金がありすぎたが故に家庭内は最悪だった。同じような家庭を作りたくなかったんだよ。今時世襲制も古いし、自分は生涯独身でもいいかなと思っていた。それでも、周りは結婚しろとうるさい。仕方ないから一度だけと、渋々受けたお見合いで、茉莉花――お母さんに出会ったんだ」

「そういうことだったんだ。それは本当に、お互いに利のある結婚だったんだね」

光莉が納得していると、父は笑う。

「そうじゃないよ、光莉。お父さんは、あの日お母さんに出会って、恋に落ちたんだ」

えっ、と光莉は訊き返す。

「どんなことになろうとも自分の中に息づいている我が子を護ろうとするお母さんの姿が眩しかった。無謀で浅はかで無鉄砲でとんでもなく自分勝手だけど、なんて素敵なんだと心から思った。この人を手放したくないと思ったんだよ」

だから、と父は微笑む。

「光莉、君はお父さんとお母さんに愛されて生まれてきたんだ」

その言葉を聞くなり、光莉の目から涙が溢れ出た。

「――お父さん」

ピアノに手をついて涙を流していると父が立ち上がって、優しく光莉の頭を撫でる。

「光莉という名前、お父さんの憧れの人からとったんだ」

「光子さん……？」

「そう、そして、茉莉花」

頭を包む大きな手のぬくもりが嬉しくて、涙が止まらない。

「いつか、光子さんにも会ってみたい」

「ぜひ、会ってほしい。今度、みんなで北海道に行こう」

うん、と光莉は涙を拭って、笑顔を見せた。

「ねっ、お父さん。今教えてくれたこと、お母さんにも伝えてあげて」

えっ？　と父は不思議そうにする。

「お母さんはずっとね、お父さんには他に想う女性がいたと思ってきたみたいなんだ」

そう言うと父は弱ったように眉尻を下げた。

「それは心外だな。お父さんはずっとお母さんだけを愛してきたのに」

「でしょう？」

光莉と父は、顔を見合わせてふふっと笑う。

「それじゃあ、乾杯し直そうか」

そう話していると、ドタバタと廊下で音がして、勢いよく扉が開いた。

「光莉、お帰り」

と、母がリビングに飛び込んでくる。

「あっ、お母さんこそお帰り。早かったね」

「品川だったから良かったわよ。もう、今度から帰るときは前もって言ってちょうだい」

母はぷりぷりしながら、コートを脱ぐ。

「今、光莉と飲んでいたんだ。お母さんも一緒に飲もうよ」

と、父はカウンターの中に入って、グラスをもうひとつ用意する。

「もちろん」

パッと顔を明るくさせた母に、光莉と父は顔を見合わせて笑う。

気が付くと、時計の針は深夜零時を越しており、バレンタインを迎えていた。

エピローグ

星たちの夜想曲

二〇二三年　二月　『君と僕のカノン』発売。映画製作中であることを発表
四月　同作翻訳版が世界数か国で一斉発売
八月　海外での映像化決定
九月　二季草渉、結婚
二〇二四年　三月　『君と僕のカノン』映画公開
それにともない、横浜でスタンプラリーがスタート
秋に横浜で音楽祭開催決定

二〇二四年　秋

音楽祭は文化の日である二〇二四年十一月三日から十一月三十日まで、約一か月間に渡って行われる。

国内外のアーティストを招き、横浜の景観を活かした野外スペースやショッピングモールではストリートライブ、ホールや公会堂ではコンサートが開催されるのだ。

それに伴い、横浜赤レンガ倉庫の中心に、グランドピアノが運ばれた。

これは通りかかった人たちが自由に弾けるストリートピアノ用だ。

無事に搬入されたピアノを見て、藤森光莉はホッと息をつく。

「オープニングセレモニーの今日、晴れてよかったですよね」

光莉の隣にいた橋本静江と中山明里は、心配そうに光莉に視線を送った。

「藤森さん、このたびは大切なピアノをお貸しくださってありがとうございます」

「そうだよ。藤森ちゃん、本当に良かったの？」

そう言う明里と静江に、光莉は、いいんです、と微笑む。

明里の発案で赤レンガ倉庫の広場にストリートピアノを置くという計画が進んでいたものの、海の近くであるということと、期間が長いということから、グランドピアノを貸してくれる業者がなかなか見付けられずにいた。そのことを知った光莉が、『それでしたら、うちのピアノを使ってください』と申し出たのだ。

「うちのピアノ、もうずっと誰も弾いていませんでしたし、元の持ち主である叔母に相談をしたら、『ぜひ、グランドピアノに触れたことがない人にも気軽に触れてほしい』と言っていたんです」

「それにしても、運搬の費用まで藤森さんのお父様が……」

そもそもこの音楽祭を企画したのは、明里だ。

なんでも、去年の春に札幌の大通《おおどおり》公園で開催された音楽祭を視察し、感動したのだという。

あの二季草渉が横浜を舞台に作品を書き、映画化までされたのだから、それに付随したかたちで、文化の秋に横浜で音楽祭が開けたら最高ではないかと思ったそうだ。

恐縮する明里に、光莉は笑って首を横に振る。

「いいんですよ。地域貢献のためですし、いくらでも藤森マネーを使ってください」

静江は思わず、ぶっ、と噴き出す。

「そういえば、最近、藤森ちゃん、吹っ切れたよね。最初は藤森彰の娘だって思われたくなさそうだったのに」

はい、と光莉は笑う。

親との確執が解けた後、光莉は父に、春川出版に『娘をお願いします』と伝えたかと問うた。

父は、『光莉が書店でアルバイトをしていたのは知っていたけれど、出版社に就職を希望していたことも、面接を受けていたことも知らなかったよ。仕事に関しては、世襲制には反対だったし、子どもには好きに生きてほしいと思っていた。光莉がうちの事業に興味があるならこたえようと思ったけど、それを望んでいないこともわかっていたからね。心配だったけど、進路については黙って見守ろうってお母さんと決めてたんだ』

と答えたのだ。

その回答は嬉しかったが、素直に納得できるものではなく、光莉は自分の面接を担当した人事部長に訊ねてみた。

『父がお願いしたんですよね。ありがとうございました』

縁故採用でも後悔させないよう、がんばりたいと思います、と。

『いえいえ、今うちは、就職試験や面接時に親の職業を聞いたり調べたりしません。親御さんから特別なお達しがあったなら別ですが、藤森さんの時はそうしたことはありませんでした。あなたが、あの藤森彰さんの娘だと知ったのは、入社後です。ですから、縁故入社ではないんですよ。あなたは長く書店でアルバイトをしていたでしょう？　あなたが書いてくれた本の紹介文や、プルーフの感想を目にしていたんですよ。そうやって、がんばっている姿は伝わるものですし、現場を知っている経験は得難いものです』

人事部長の言葉に、光莉は涙が出そうになった。

それでも、光莉を縁故入社だと思う人はいるだろう。

だが、それはもうどうでもよくなったのだ。

「そして橋本さん、この音楽祭に合わせて、素敵なアンソロジーを作ってくださって、ありがとうございました」

明里は、静江の方を向いて、頭を下げている。

「いえいえ、こちらこそ、色々ご協力くださって感謝しています。あの芹川瑞希先生を紹介してくださって嬉しかったですよ」

二季草渉の映画公開から、この音楽祭までは少し間が空く。

イベントに合わせて、横浜が舞台で、クラシックをテーマにした短編集を出したら良いのでは、と静江は思い付いたのだ。

早速、企画書を作り、提出したところ、『君と僕のカノン』と同じ世界線ということならば、という条件で、許諾が降りた。

そう、『君と僕のカノン』の主人公たちは登場しないものの、あの世界で息づく、音楽を愛する者たちのアンソロジーだ。

「アンソロジー、素敵な作品ばかりでした」

光莉は発売されて間もない短編集の内容を思い返しながら、しみじみとつぶやく。

作家陣は偶然にも、ユニット作家の一条ほのか、脚本家の芹川瑞希をはじめ、一時低迷したものの、見事に復活を果たした者たちが揃っている。

思えば、中心となっている二季草渉こそ、見事な復活劇を果たした張本人だった。

光莉が頬を緩ませていると、

「お疲れ様です」

と、燕尾服《えんびふく》をビシッと決めた白髪の老紳士と、黒髪の中年男性が現われた。

老紳士はまるで、これからセレモニーに登壇する音楽家で、黒髪の中年男性は教官のような雰囲気だ。

黒髪の中年男性の方はトレイを持っていて、そこにコーヒーが入った白いマグカップが三つ載っている。

「こちらは、当店のマスターからの差し入れ、『星屑ブレンド』です」

きっと、赤レンガ倉庫内の飲食店の計らいだろう。

教官っぽい中年男性の姿は、どこかで見たことがある気がしたが、思い出せない。

「ありがとうございます」

と、光莉、明里、静江は会釈をしながら、マグカップを受け取った。

真っ黒なコーヒーを覗くと、星が瞬くようにキラキラと光っている。

「金粉が入ってる。『星屑ブレンド』ってそういうことなんですね」

「本当だ、綺麗」

「ああ、寒空に熱いコーヒー、たまらない」

光莉、明里、静江は口々に言い、美味しい、と目尻を下げる。

老紳士は、ふふっ、と笑って胸に手を当て、会釈をした。

「土星回帰《サターンリターン》の課題、お疲れ様でした」

続いて中年男性あらため教官が、ええ、とうなずく。

「光莉さんはまさに今、明里さんは少し過ぎて、静江さんは補習になりましたが、見事にクリアできましたね」

彼らの言葉に、光莉は目をぱちりと瞬かせる。明里と静江もぽかんとしていた。

どうして、自分たちの名前を知っているのかも気になったが……、

「土星回帰って？」

その問いに、教官が答えた。

「人生には、節目というものがあります。その一つが土星回帰。約三十年に一度、現在運行中の土星が、自分の出生図の土星の位置に重なります。それは、これまでの人生を見直し、次への扉を開くための試験です。何かにがんばってきた人は、その結果を出せることもあれば、もし、そのがんばりが間違った方向だったら違う道を示されることもあります」

「それって、どういうことですか？」

と、明里が怪訝そうに訊ねる。

たとえば、と老紳士の方がいたずらっぽい笑みで、人差し指を立てた。

「長く交際してきたパートナーと結婚する人もいれば、別れることになる人もいるということです」

その譬えがあまりにも分かりやすく、ああ、と三人は思わず気の抜けた声を出す。

しかし、と教官が険しい表情になった。

「無謀な生き方をしてきた方は事故に遭ったり、病気になることもあります。その一方で、このタイミングで夢を叶えたり、一つの目標を達成する方もいるでしょう。しかし、抱えている問題を見て見ぬふりをしていたならば、向き合わなくてはなりません」

皆、心当たりがあるようで、それぞれに黙り込む。

ですが、と老紳士はにこりと微笑んだ。

「皆さんは、その試験を終えました。もう新たな扉が開いています。どうか星の遣いの言葉を忘れず、あなたたち一人一人が星の遣いとなっていってください」

お疲れ様でした、と彼らはお辞儀をする。

いえ、と光莉たちはつられて頭を下げ返す。

そして、と老紳士が皆を見た。

「わたしは今日、お礼がお伝えしたくて、特別にここに来ました。『君と僕のカノン』、拝見しました。とても素敵な映画で感動しました。作家の二季草渉先生はもちろん、皆様が力を合わせて作ってくださったのですよね。心から感謝申し上げます」

そんな、と明里と静江は首を横に振り、光莉に視線を移す。

「あの作品を担当したのは、この彼女なんです」

二人に紹介され、光莉は恐縮しながら会釈する。

「そうでしたか。主人公が、カノンを一度しか弾かなかった理由、とてもドラマチックになっていて感動を通り越して、恥ずかしかったです」

恥ずかしい？　と光莉は怪訝に思い眉を顰めたが、彼は構わずに話を続けた。

「ですが、あんなに美しい物語にしてくださったおかげで、わたしの思い出も意味のあるものになりました。もう、カノンを弾いてもいいかもしれないと思っています」

えっ、と光莉が訊き返すと、老紳士は、そっと口の前に人差し指を立てた。

「今日は海がきれいですね」

老紳士の言葉に、皆は揃って水平線に目を向けた。

視線を戻した時には、もう彼らの姿はなくなっている。

「あれ、いつの間に……？」

「ねぇ、このマグカップ、どうしよう」

「あとで、赤レンガ倉庫に返しに行きましょうか」

なんて店かな、とマグカップをあらためて見る。

マグカップには『Ｆｕｌｌ《フル》　Ｍｏｏｎ《ムーン》　Ｃｏｆｆｅｅ《コーヒー》　Ｓｈｏｐ《ショップ》』と記されていた。

＊

十一月十六日。

今宵、横浜赤レンガ倉庫では、『満月祭』が開催される。

主催は、横浜市でもイベント会社でもなく、満月珈琲店のマスターだ。

「そろそろですね」

マスターは、ポケットから懐中時計を出して、ぱちん、と指を鳴らす。

すると、トレーラーカフェの前に長テーブルがポンッと現われた。

今回は、海際にトレーラーを停めている。

満月珈琲店が放つ仄かな光の先には、グランドピアノとそれを囲むようにして、人々が楽しそうに行き交っていた。

おや、とマスターは細い目を少しだけ開く。

赤レンガ倉庫のテラス席に藤森光莉、橋本静江、二人の一条ほのか、そして芹川瑞希の姿があった。

発売されたばかりのアンソロジーを手に、熱心に語り合っている。

その隣のテーブル席には、中山明里と彼女の友人・水本隆《みずもとたかし》、恵美《めぐみ》夫妻の姿もあった。

エンジニアである水本は、デジタルスタンプラリーに一役買っているのだという。

明里の上司、市原聡美《いちはらさとみ》も兄一家と訪れている。

小学四年生になった姪《めい》の愛由《あゆ》が、海際を見て、あっ、と声を上げる。

「あそこに猫の着ぐるみがいるよ」

愛由の言葉に大人たちが目を凝らして、着ぐるみを探しているようだが、他の人々と同様に彼らにはマスターの姿を見つけることはできなかったようだ。

マスターは愛由に向かって手を振り、その後に口の前に短い人差し指を立てた。

愛由は察した様子で、他の人に気付かれぬように小さくバイバイと手を振り返してくれる。

微笑ましさを感じていると、にゃあ、という愛らしい鳴き声と共に、どこからともなく猫が現われた。

白と黒のハチワレ、シャム猫、アビシニアン、白いペルシャ、シンガプーラ、黒猫、メインクーンだ。

猫たちは、テーブルに近付くなり、人に姿を変えた。

「さすが、マスター主催の『満月祭』。まるで、同窓会ね」

そう言ったのはルナだ。愉しそうに辺りを見回しながら、椅子に腰を掛ける。

マスターが直接、招待状を出したわけではない。

縁があった人たちが来てくれるといいなと願っただけだ。

ほんとね、とジュピターが首を伸ばしながら言う。

「北海道の出版社兼広告代理店『musubi《ムスビ》』のメンバーもいる。小雪《こゆき》さんたち元気そうね。良かった」

「社長さん、カップルの横で居心地悪そうだね」

と、マーキュリーがいたずらっぽく笑うその横でヴィーナスが目に涙を浮かべている。

視線の先には、藤森彰、茉莉花夫妻と、彰の義母妹・光子がピアノを囲んで楽しそうに語らっていたのだ。

光子とヴィーナスには深い縁がある。そのため、幸せそうな姿に喜びもひとしおなのだろう。

ヴィーナスがおいおいと涙を流していると、マーズがやってきて、その背中を優しく撫でる。

するとヴィーナスは即座に泣くのをやめて、マーズを見た。

「ありがとう、マーズは優しいのね」

「君にだけだよ」

見詰め合う二人に、「今度は僕が居心地悪いや」と、マーキュリーは肩をすくめた。

すると、サートゥルヌスが咳払いをして、着席した。

「それよりも、今回は本当に間に合って良かった」

「同感。結構、ギリギリだったよね」

と、ウーラノスがニッと八重歯を見せて、椅子に腰を下ろす。

「えー、わたしは絶対間に合うと思っていたよ。宇宙って大切なタイミングは必ず合わせてくるからね」

そう言ったのは、サラだ。いつの間にか座っていて、頬杖をつく。

マスターは着席した皆を見て、目を三日月の形に細めた。

「二〇二〇年のグレートコンジャンクションから四年。今宵は『地の時代』の余韻を残す、最後の満月です」

そう言ったマスターに、ヴィーナスが小首を傾げた。

「『地の時代』の余韻って？　だって、グレートコンジャンクションの時に、『風の時代』に入ったのよね？」

それは、とマーズが答えた。

「もうすぐ冥王星が、水瓶座入りするからだよ」

「あら、冥王星はすでに水瓶座入りしていたはずよね。たしか、去年の三月に……」

マーズが、ああ、と相槌をうつ。

「しかし、その後、冥王星は逆行して山羊座に戻っていたんだ」

そう、とマーキュリーが話を引き継いだ。

「山羊座って、『地』の象徴のようなもので冥王星は『地の時代』にやり残したことを整理するために戻っていたんだ。でも二〇二四年十一月二十日にいよいよ冥王星が水瓶座に入る。その後はもう戻らない。ここから先、本当の意味で世界が変わるんだ」

ヴィーナスは思わず息を呑む。

マスターが、そうですね、とうなずいた。

「月、水星、金星、火星は、個人に影響を与える星ですが、木星や土星は社会に、そしてトランスサタニアンと呼ばれる天王星、海王星、冥王星は、時代に影響を与える星です。破壊と再生を司る大きな力を持つ冥王星が本格的に移動するとなると、はっきり言って何が起こるか分かりません。そしてその起こることというのは、冥王星の望みというよりも、人々の集合意識が引き起こすことになるでしょう」

想いが先にあって、事象となって現われる。

それは、個人においても、社会においても同じであるということだ。

「ですので、わたしたちは、本格的に『風の時代』が始まってしまう前に、少しでも多くの人に自分の心を大切にすることを伝えていきたいと思っていました。そうして、ご縁があって当店に来てくださったお客様はご自分のできる形で、わたしたちの想いを次の方へとつないでくれたと信じています」

「この音楽祭だってそうだよね。音ほど軽やかに遠くまで届くものはないし。それが美しい音であればあるほど、人々の深層心理に届いてくれる」

うんうん、とマーキュリーが相槌をうった。

「このイベントは横浜だけに留まらず、テレビやネットでも中継されている。影響はあるよ」

その時、白髪の老紳士が現われて、グランドピアノの前に座った。

優しく穏やかながらも力強く、パッヘルベルのカノンを奏でる。

素敵ね、とヴィーナスは目を細める。

「知ってる？　パッヘルベルって生涯で二百曲以上作曲しながら、カノンはこの一曲だけなんですって。特別なカノンよね」

「相変わらず、音楽にだけは詳しいんだね」

感心したように言うマーキュリーに、ヴィーナスは口を尖らせた。

「だけって何よ。他にも詳しいことはいっぱいあるんだから」

さて、とマスターはあらためて皆を見る。

「今宵は牡牛座の満月です。美味しいものをたくさん食べましょう。とっておきを用意いたしましたよ。まず、横浜といえばこれでしょう」

マスターはそう言うと、テーブルの中心にせいろを積み上げる。

「小宇宙で生まれたばかりの『星雲の点心』に空色ビール『星空』とジャスミンティーをご用意しました。乾杯しましょう」

皆は嬉々として乾杯をしたが、サラは不服そうに腕を組む。

「マスターの点心は最高に美味しいけれど、今宵はこんなに美しい夜だから、もっと美しいスイーツが……」

「そして、サラ様にはこちらを」

サラが言い終わる前に、マスターはスッとパフェを出した。

口に向かって広がったスリムなグラスに、生クリーム、イチゴ、クリームチーズが層になっており、天辺にはまるでロウソクの明かりのようにイチゴが一つ載っている。

「『灯台のパフェ』です。この横浜港だけではなく、多くの人に希望の光が差すことを願って」

わあ、とサラは目を輝かせる。

「なんて美しいんだ。そうそう、こういうのが良かったんだよ」

長い柄のスプーンを手に、一口食べて、うん、と満足げな表情を浮かべるも、すぐに神妙な面持ちになった。

「でも、わたしたちのような星が動く時は、影響力も大きい。酷いことが起こらなければいいと願わずにはいられないね」

星は『願いを叶える力』を持つと言われているが、実はそれは『想いを事象化する力』だ。

焦りや不安、恐怖を現実にしてしまうことの方が多い。

たとえば、『お金持ちになりたい』と切に願っている人の心には、『お金がない』という不安や焦りの方が大きいため、そのような願いを口にしてしまう。

そのため事象化するのは、お金のない現実ということだ。

これは個人レベルの話であり、トランスサタニアンが事象化する現実には、多くの人の心が反映される。

つまり、世の中、不安を抱いている人が多ければ多いほど、それが現実に起こってしまうのだ。

「わたしたちは、人々を苦しめたいわけじゃないんだ。そしてもし目を覆いたくなるような出来事が起こってしまったとしても、みんなが何度も伝えてきたように、自分の心を大切にしてほしいと思うよ」

自分の心を蔑ろにしない。それは、分かっているようで、すぐに忘れてしまうものだ。

自らの心を大切にすることで、他者に対しても思いやりの心を持てるもの。激動していくこれからの時代、『思いやり』を持つことが何より大切になってくる。

気が付くとピアノの演奏が終わっており、老紳士がテーブルに向かってやってくる。

彼の腕の中には、ロシアンブルー――美しいグレーの毛並みとシルバーの瞳を持つ猫がちょこんと収まっていた。

「ハデス様！」

一同は、弾かれたように立ち上がる。

老紳士はハデスを椅子の上に置いてから、深々と頭を下げた。

「このたび、わたしはハデス様のおかげで、顕現《けんげん》することができました。ありがとうございます」

ハデスはそっと首を横に振る。

「こちらこそ、良きものを聴かせてもらった。ありがとう」

ヴィーナスは勢いよく前のめりになった。

「ピアノおじさま、ご自分のことが物語になって嬉しいでしょう?」

老紳士は、いやはやと苦笑する。

「嬉しかったのですが、居たたまれなくもありました。わたしの過去は、あんなに美しいものでも、真っすぐなものでもありませんでしたので……」

そう、以前、彼と河原で会った時、このように話していたのだ。

『若い頃恋をした人は、うんと年上の離婚歴のある人で、周囲に「お前に相応しくない」と言われ、自分の心を押し殺してしまった。気が付くと彼女は他の男性と結ばれてしまっていました。あの時、つまらない意地やプライドを優先して動けなかった自分をどれだけ責めて、後悔したか……。もっと早くに自分の気持ちに正直になっていたら、と今でも悔やみます』

ふぅ、と老紳士は息をつく。

「彼女に他の人と結婚すると伝えられて、そのショックでわたしは、彼女が一番好きだと言っていたカノンをもう弾かないと決めただけだったんですよ」

本当に情けない話です、と彼はしみじみ話す。

「……物語と過去は違いましたが、その過去もまた、真実とは違うかもしれませんよ」

そう言ったハデスに、老紳士は小首を傾げる。

「真実とは違う？」

「彼女は、あなたを想って、嘘を言って身を引いたのかもしれない」

ハデスが真っ暗な海に目を向けた瞬間、まるでスポットライトが当たったように海面が明るくなる。

そこに、一人の女性が立っていた。

最初は老女であったが、みるみる若返り、三十代前半辺りで若返りは止まる。

老紳士は絶句して、立ち尽くす。

マスターはふふっと笑って、老紳士の背中に手を当てた。

「あなたは、かつて悔やんだのですよね」

ええ、と答えた時、老紳士は青年に変わっていた。

「ですから、今度は後悔したくありません」

彼が光の下へと向かうと、彼女は嬉しそうに、手を伸ばした。

二人が手を取り合った時、その姿は目を開けていられないほどに眩しく輝き、やがてキラキラと瞬く光の粒となる。

皆は手を振って、天へと昇っていく光の粒を見送った。

こうして、新しい星となっていくのだろう。

「それでは、あらためて乾杯しましょうか」

マスターの合図に皆はあらためてグラスを手にし、乾杯、と微笑んだ。

惑星回帰	
ソーラーリターン	1年に1度、トランジットの太陽が 出生図の太陽と同じ度数に戻ること。 出生図的誕生日
ジュピターリターン	12歳、24歳、36歳、48歳、 60歳、72歳、84歳と、 12年に1度の周期で訪れる幸運期
サターンリターン	29歳頃、58歳頃、87歳頃と、 約30年ごとに乗り越えるべき課題が 出現する時期

あとがき

ご愛読ありがとうございます、望月麻衣です。

占星術をテーマに書いてきまして、星を詠む楽しさはもちろんですが、『星を使う』ことを知っていただきたいと思うようになりました。

たとえば、十二年に一度と言われる木星幸運期。

こちらは知らない間に終わってしまうより、知っていた方が何倍も恩恵を受けられますし、自分の星座の幸運期が終わった後もその年の木星星座を知ることで、どのように行動したら上手く行きやすいかがなんとなく感じられたりします。

約三十年に一度の土星回帰も、あらかじめ『来る』と知っていたら、心づもりができるのではないかと思いました。ちなみに土星回帰は悪いことばかりではなく、やってきた結果が出る時期なので、あまり怖がらなくても良いそうです。

さて、六作目となる本作、『満月珈琲店の星詠み ～月と太陽の小夜曲～』は一巻から紡がれてきた物語の締めくくりとなります。とはいえ最終回というわけではありません。

一度これまでの物語をまとめたいと思った次第です。

この本から読んでも問題ないと思うのですが、ぜひ一巻から読んでいただけると、よりつながりを感じられるのではと思います。

二〇二〇年十二月から二〇二四年は、『地』から『風』へ、まさに世の中がガラリと変わった四年間でした。

地、風、水、火というエレメントは、二百年に一度、移り変わります。

これまで私たちが馴染んできた『地の時代』は、一八〇〇年代から続いてきたものなので、実に約二百年間、『地』の時代だったことになります。

『地』は、産業革命、物づくり、物質的な豊かさ、組織、権威、そうしたものが象徴的な時代で、今後『風』の時代は、心の喜び、目に見えないものの価値、個人、自由、共有などの事柄が象徴になります。

あまりに正反対なので、世の中がひっくり返るような出来事が色々と起こるだろう、と言われていましたが、私としては実際に二〇二〇年十二月を迎えるまでは、いまいち信じられずにいました。

しかし、本当に疫病、未曾有の災害などを目の当たりにし、今私たちは二百年に一度の歴史的変革期を生きているのだなと痛感しています。

冥王星が水瓶座に完全に入ってしまった後は、何が起こるか分からないですし、何が起こってもおかしくはないと言われています。

不安も多い世の中ですが、やはり大切なのは自分の心を蔑ろにせず、思いやりの心を持つことではないかと思っています。

この本を読んで少しでも癒しを感じ、自分の『月（心）』に耳を傾けよう、という気持ちになっていただけたら幸いです。

最後に、満月珈琲店の世界観を生み出し、素晴らしいイラストを描いてくださった桜田千尋《さくらだちひろ》先生、愛らしいキャラクターを手掛けてくださったひみつ先生、監修を務めてくださった宮崎えり子先生、そして本作に関わるすべての方に心から感謝申し上げます。

本当にありがとうございました。

望月麻衣

参考文献など

ルネ・ヴァン・ダール研究所『いちばんやさしい西洋占星術入門』（ナツメ社）
ケヴィン・バーク　伊泉龍一訳『占星術完全ガイド　古典的技法から現代的解釈まで』（フォーテュナ）
ルル・ラブア『占星学　新装版』（実業之日本社）
鏡リュウジ『鏡リュウジの占星術の教科書I　自分を知る編』（原書房）
鏡リュウジ『占いはなぜ当たるのですか』（説話社）
松村潔　エルブックスシリーズ『増補改訂　決定版　最新占星術入門』（学研プラス）
松村潔『完全マスター西洋占星術』（説話社）
松村潔『月星座占星術講座――月で知るあなたの心と体の未来と夢の成就法――』（技術評論社）
石井ゆかり『月で読む　あしたの星占い』（すみれ書房）
石井ゆかり『12星座』（WAVE出版）
Ｋｅｉｋｏ『Keiko的 Lunalogy 自分の「引き寄せ力」を知りたいあなたへ』（マガジンハウス）

Ｋｅｉｋｏ『宇宙とつながる！　願う前に、願いがかなう本』（大和出版）
大沢在昌『小説講座　売れる作家の全技術　デビューだけで満足してはいけない』（角川文庫）
星読みテラス　好きを仕事に！今日から始める西洋占星術
(https://sup.andyou.jp/hoshi/)

この作品は文春文庫のための書き下ろしです。

DTP制作　エヴリ・シンク

文春文庫

定価はカバーに表示してあります

満月珈琲店《まんげつコーヒーてん》の星《ほし》詠《よ》み
~月《つき》と太陽《たいよう》の小夜曲《セレナーデ》~

2024年12月10日　第1刷

著　者　望《もち》月《づき》麻《ま》衣《い》
画　桜《さくら》田《だ》千《ち》尋《ひろ》
発行者　大沼貴之
発行所　株式会社　文藝春秋

東京都千代田区紀尾井町 3-23　〒 102-8008
TEL 03・3265・1211 (代)
文藝春秋ホームページ　https://www.bunshun.co.jp

落丁、乱丁本は、お手数ですが小社製作部宛お送り下さい。送料小社負担でお取替致します。

印刷・萩原印刷　製本・加藤製本
Printed in Japan
ISBN978-4-16-792308-2

3

〜ライオンズゲートの奇跡〜

5

〜秋の夜長と月夜のお茶会〜

4

〜メタモルフォーゼの調べ〜

6

〜月と太陽の小夜曲〜